KB165330

조직범죄 대책과
시라타카 아마네

組織犯罪対策課 白鷹雨音

조직범죄 대책과
시라타카
아마네

가지나가 마사시
장편소설

김은모 옮김

나무옆의자

차례

프롤로그   7

제1장   네 개의 이빨   17

제2장   매와 화살   79

제3장   손가락 인형   123

제4장   4/TTX   165

에필로그   211

옮긴이의 말   229

11월 이른 아침. 방사냉각현상*의 영향으로 평소보다 추웠던 밤이 물러가고 있었다.

감색과 오렌지색이 흐릿하게 층을 이룬 하늘이 서서히 밝아지고, 안개가 아사카와강을 뒤덮기 시작했다.

아사카와강은 도쿄와 가나가와의 경계에 자리한 진바산이 수원지인 1급 하천으로, 30킬로미터쯤 동쪽으로 나아가다 히노시에서 다마카와강으로 흘러든다.

여기는 그 합류 지점으로, 일찍이 '범람천'이라고 불린 적 있는 이 강도 지금은 바싹 마른 풀과 나무, 그리고 돌이 가

......

* 지구가 태양으로부터 받는 태양복사 에너지의 양만큼 열복사로 열을 잃어 지표면의 온도가 내려가는 현상.

득한 하천부지가 펼쳐져 있을 뿐이다.

—레이나! 레이나아!

비통하게 울려 퍼지는 고함 소리가 냉기 어린 아침 공기에, 면도칼로 뺨을 문지르듯 조마조마한 분위기를 불어넣었다.

수많은 사람이 모여 있었지만 현장을 보존하기 위해 경찰관 말고는 다가갈 수 없었다.

소녀의 부모라도 예외는 아니기에 멀리서 이름을 외치는 것이 고작이었다. 어머니는 차가운 돌 위에 주저앉아 초점이 분명치 않은 눈으로 열심히 딸을 찾고 있었다.

강가에 소녀 하나가 누워 있었다.

몸이 반쯤 물에 잠겼고 희끄무레한 옷을 입은 데다, 살빛이 너무 뽀얬기 때문인지도 모른다. 산책이나 달리기를 하는 사람이 여러 명 강둑을 지나갔는데도 아무도 소녀가 거기 있다는 걸 알아차리지 못했다.

아침 햇살이 강의 흐름을 거슬러 흐르듯 퍼져 나갈 때까지, 소녀는 무채색 풍경 속에 머물러 있었던 것이다.

*

　시라타카 아마네〔白鷹雨音〕는 땅거미가 내린 기치조지 거리를 달리고 있었다. 코트를 입고 있어서 몸이 뜨겁다. 머리가 짧지만, 그래도 귀 뒤쪽으로 땀이 흐르는 게 느껴졌다.

　골목에서 튀어나온 신문 배달 오토바이와 하마터면 부딪칠 뻔했다. 하지만 지금은 멈출 수 없었다.

　주택가의 작은 공원을 가로질렀다. 땅바닥을 노랗게 물들인 은행잎을 밟으며 거침없이 반대편으로 빠져나갔다.

　아마네는 숨을 길게 내쉬며 호흡을 가다듬었다.

　아무리 급해도 조바심 내지 않고 일정하게 페이스를 유지해야 결국은 빨리 도착한다. 그걸 고등학교 때부터 경찰관이 되기까지 계속했던 육상을 통해 배웠다.

　앞쪽에서 달려오는 남자의 모습이 보였다. 상사 구사노다. 옆에서 비치는 저녁 햇살 때문에 뚜렷한 이목구비가 더 강조돼 보였다.

　서로 신호를 보내고 다음 모퉁이를 돌아 나란히 달렸다.

　키가 180센티가 넘는 구사노는 긴 팔다리를 활용해 큰 보폭으로 힘차게 나아갔다.

　두 사람은 대화 없이 덤덤히 달리다가 한 맨션 앞에서 멈쳤다.

아마네는 가슴주머니에서 메모장을 꺼냈지만, 약 1킬로미터를 달려와 숨이 찬 데다 손가락이 곱아서 페이지를 넘기기가 힘들었다.

"303호야."

구사노가 말했다. 아마네의 기억도 그랬다. 두 사람은 계단을 뛰어올랐다.

집의 호수를 확인하고 초인종을 연달아 눌렀지만 반응이 없었다. 이어서 문을 두드렸다. 그래도 인기척은 느껴지지 않았다.

관리인에게 연락하려고 아마네가 휴대전화를 꺼내자 구사노가 제지했다.

"잠깐, 열려 있어."

구사노가 문손잡이를 당기며 말했다. 현관 바닥에 나란히 놓여 있는 신발이 문틈으로 보였다.

두 사람은 마주 보고 고개를 끄덕인 후 현관문을 활짝 열었다.

난방으로 따뜻해진 공기가 얼굴에 훅 끼쳐 왔다. 공기를 타고 자극적인 냄새도 함께.

"이시오카 씨? 계세요? 경찰입니다."

아마네가 이름을 불렀지만 역시 대답은 없었다. 정면에 있는 문의 간유리에 살짝 흔들리는 사람 형체가 비쳤다.

"이시오카 씨?"

역시 반응은 없다.

"이시오카 씨, 실례하겠습니다."

그대로 들어가서 반쯤 열린 문을 밀었다.

"이시오카⋯⋯."

거기에 찾던 사람이 있었다. 그의 발이 허공에 떠 있었다.

맨션 주차장으로 달려온 경찰차의 경광등이 부근을 눈부시게 비추었다.

주변은 완전히 어두워졌지만, 군청색과 오렌지색 그림물감을 섞은 듯한 하늘에는 무사시노 일대 산들의 윤곽이 뚜렷하게 드러나 있었다.

아마네는 비상계단에 앉아 멍하니 하늘을 바라보았다.

시간이 시간인지라 학교나 직장에서 돌아오는 사람들은 무슨 일인가 싶어 놀란 눈치였다. 방송국 중계차도 와서 몇몇 사람에게 인터뷰를 했지만, 대답할 만한 정보가 없어서인지 다들 그저 놀라움을 표현하는 게 전부였다.

뺨에 따뜻한 캔 커피가 닿았다. 돌아보자 구사노였다.

아마네는 받은 캔 커피를 따지 않고 양손으로 감쌌다.

"레이나쌩*의 시신을 아사카와강에 유기한 후 목을 맨 것 같아."

"……최악이네."

그렇게 중얼거린 아마네는 두 다리를 감싸 안고 무릎 사이에 얼굴을 묻었다.

피해자를 구하지 못했고 범인은 체포조차 하지 못했다. 최악이라고밖에 표현할 방법이 없었다.

초등학교 1학년이었던 야기 레이나가 하굣길에 홀연히 사라진 지 1년이 지났다. 열심히 수사했지만 범인은 레이나의 부모에게 아무 요구도 하지 않았고 시간만 흘러갔다.

그리고 오늘 아침, 차가운 겨울 강에서 레이나가 발견됐다.

주변의 CCTV 영상으로 현장 근처에 정차해 있던 수상한 차량을 찾아냈다. 게다가 차량 소유자인 이시오카에게 미성년자를 약취한 죄로 전과가 있다는 사실도 확인했다.

그날 안으로 이시오카가 거주하는 맨션을 찾아냈고, 연락을 받은 구사노와 아마네가 급히 출동했다.

하지만 늦었다.

……

* 친밀함을 나타내기 위해 이름에 붙이는 호칭. 주로 여자나 어린아이에게 사용한다.

14

"레이나짱, 본 사람이 많겠지?"

아마네가 물었다.

"응. 이시오카는 부모를 잃은 레이나짱을 유일한 친척인 자기가 거두었다고 주변 사람들에게 말했대. 이 맨션에 사는 사람은 대부분 1인 가구인 데다, 학군 밖의 사립학교에 다닌다고 둘러대서 아무도 수상하게 여기지 않았던 모양이야."

"이시오카의 직업은?"

"트레이더였대. 그래서 내내 함께 지내니까 남들 눈에는 오붓해 보였다나."

잠시 침묵이 흘렀다.

복도 저쪽에서 구사노를 부르는 소리가 들렸다.

"어, 나, 본청*으로 가."

"그렇구나……."

구사노가 이동한다는 이야기는 예전부터 들었다. 마지막에는 웃으면서 보내주고 싶었지만, 이런 상황에서는 그럴 수도 없다.

구사노가 일어섰다. 아마네의 시야에서는 사라졌지만,

......
• 도쿄도를 관할하는 경찰 조직인 경시청을 가리킨다.

그가 등 뒤에 서 있다는 것은 알 수 있었다.

"저기, 우리……."

"잘 지내."

구사노는 뭔가 꺼내려던 말을 삼키고 떠났다.

아마네는 구사노의 뒷모습을 슬며시 바라보았다. 저 넓은 등을 좋아했다.

구사노는 아마네가 형사로 배속됐을 때 사수였다. 둘은 바로 의기투합했고, 그 후로는 좋은 동료이자 연인으로 지냈다.

이별 이야기와 본청 이동, 그리고 이 사건. 여러 가지 일이 단기간에 일제히 일어나고 말았다.

구사노의 모습이 사라지자 아마네는 경찰수첩을 펼쳐 명함꽂이에서 빨간 털실로 짠 손가락 인형을 꺼냈다.

그걸 움켜쥐고 있자니 눈물이 흘렀다.

앞으로 어쩌면 좋을까…….

식은 커피를 마셨다.

커피는 생각보다 썼다.

제1장

네 개의 이빨

기치조지역 남쪽 출입구. 아마네는 이리저리 지나가는 인파를 패스트푸드점 2층 창문으로 내려다보고 있었다.

뒷머리를 짧게 친 쇼트커트와 희미한 주근깨조차 가려지지 않을 만큼 연한 화장 때문에 아마네는 제 나이보다 어려 보이지만, 30대에 들어선 지 3개월쯤 지났다.

가을도 깊어져 여성으로서 패션에 흥미를 보여도 좋을 시기건만, 화장이나 옷에는 더 이상 연연하지 않는다.

경찰관이라는 직업 탓으로 돌리고 있지만 꼭 그 때문만은 아니었다.

거리가 서서히 크리스마스 빛깔로 물들어도, 계절 이벤트 달력에 일정 하나 적혀 있지 않은 아마네는 화장품이나

옷을 살 필요를 느끼지 못했다. 사실 아마네의 스타일은 결코 나쁘지 않았다. 민낯에 수수한 업무용 양복을 입고 기치조지를 돌아다녀도 남자들이 말을 걸곤 했다.

하지만 동료들을 비롯해 아마네와 조금이라도 말을 나눠 본 사람이라면, 어쩐지 남자가 범접지 못할 분위기가 있다는 걸 알게 될 것이다.

그 분위기를 뼈저리게 느끼는 사람이 지금 맞은편에 앉아 있었다.

"시라타카 선배, 아까부터 대체 뭘 보고 계신 겁니까?"

최근에 배속된 우즈카 신사쿠(兎束晋作)다. 아마네와 파트너가 된 지 아직 얼마 지나지 않았다.

아마네는 후진 육성에 전혀 흥미가 없었으므로, 후배들에게 요란하게 지시를 내리기보다 내버려두고 알아서 배우라는 태도를 취해왔다.

따라서 이 새로운 파트너에게도 모든 행동을 일일이 설명하지는 않았고, 우즈카는 가시방석에 앉은 것처럼 안절부절못할 따름이었다.

"시라타카 선배?"

우즈카가 다시 불렀다.

아마네는 가능하면 무시하고 싶었지만, 이런 유형의 남

자는 분위기 파악을 못 하고 계속해서 눈치 없이 물어본다
는 걸 알기에 시선을 아래로 향한 채 마지못해 대답했다.

"토끼."

우즈카가 전혀 이해하지 못했다는 의사를 전하려는 듯
미간을 한껏 찌푸렸지만 아마네는 모르는 척했다.

자기 성씨에도 토끼를 뜻하는 한자가 들어가니까 놀리는
것이라고 생각했는지 우즈카의 말투가 약간 사나워졌다.
하지만 아직 신입이고, 앞으로의 생활도 생각해서인지 아
주 약간의 사나움이다.

"그게 무슨 말씀이세요—"

"커피, 블랙으로."

"네?"

아마네는 시선을 밖으로 향한 채 다시 말했다.

"나, 지금 바쁘거든. 커피 리필해 와. 블랙이 뭔지는 알
지?"

이번에는 우즈카도 잔뜩 열받은 것 같았지만 표정에는
드러내지 않고 1층으로 내려갔다.

우즈카와 교대하듯 회사원 차림의 남자 두 명이 올라왔다.

그들은 주변을 둘러보다가 혼자 있는 아마네를 보더니
서로 마주 보고 웃었다. 그러고는 자리가 많이 비어 있는데

도 아마네가 앉은 자리로 다가왔다.

"안녕하세요, 잠깐 앉아도 될까요?"

혼자 창밖을 바라보는 여자는 빈틈이 있어 보이는 걸까.

아마네는 여전히 밖에 시선을 고정한 채 말없이 경찰수첩을 들어 보였다.

아니나 다를까 두 남자는 구석 자리로 물러갔다. 돌아온 우즈카가 아마네에게 물었다.

"방금 두 사람, 누굽니까?"

"일반 시민. 일일이 신경 쓸 것―"

아마네는 말을 끝맺기도 전에 일어섰다.

"가자. 그거 잊지 마."

"커, 커피는요?"

우즈카는 아마네가 그거라고 말한 가방을 어깨에 비스듬히 메고 허둥지둥 뒤따라갔다.

아마네는 인파 속으로 파고들었다. 얼핏 보기에는 무작정 헤치고 나아가는 것 같았지만, 몸을 이리저리 비틀며 사람들 사이를 빠르게 누비며 지나간다. 요령 없이 뒤따르는 우즈카와 점점 거리가 벌어졌다.

아마네는 자판기 옆에 기대서 있던 남자를 보고 곧장 다가갔다.

기치조지는 학생이 많은 거리라 그 남자도 얼핏 대학생처럼 보였지만, 가까이에서 얼굴을 대하자 나이가 조금 더 많은 듯했다.

"안녕하세요. 이야기 좀 할 수 있을까요?"

"뭐, 뭡니까?"

이건 뒤늦게 도착한 우즈카가 아마네에게 한 말이다.

아마네는 우즈카를 무시하고 손바닥을 내밀었다.

"호주머니에 든 거, 꺼내볼래요?"

"뭐, 뭡니까?"

이번에는 대학생처럼 보이는 남자가 말했다.

아마네는 다 안다며 웃음을 지었다. 남자는 잠시 어쩔 줄 몰라 하다가 한숨을 푹 내쉬었다.

잠시 후 단념한 것처럼 호주머니에 손을 넣던 남자가, 다음 순간 우즈카를 떠밀고 인파 속으로 뛰어들었다.

처음에는 사람들을 피하면서 달렸지만, 마음이 급해졌는지 이윽고 사람들을 마구 밀어젖히며 달렸다. 아마네는 그 뒤를 쫓았다.

이노카시라길을 건너자 사람들이 적어졌다. 남자는 더욱 속력을 높여 도주를 꾀했다.

아마네는 쫓아가면서 남자의 몸놀림을 냉정하게 관찰했

다. 이럴 때는 추격하는 쪽에게 여유가 있는 법이다.

아마추어라고 판단했다.

젊음에서 솟구치는 순발력은 있지만, 팔다리가 따로 놀아서 힘을 효과적으로 사용하지 못한다. 저 상태라면 금방 느려질 것이다.

고등학생 때 전국체전 육상 1500미터에 출전했던 아마네는 호흡을 흐트러뜨리지 않고 달리면서 남자가 증거 인멸을 꾀하지 않는지 유심히 지켜보았지만, 도망치느라 바빠서 그럴 여유는 없는 듯했다.

뒤를 돌아본 남자가 땀 한 방울 흘리지 않고 쫓아오는 아마네를 보고 깜짝 놀란 표정을 짓더니 곧 균형을 크게 잃었다.

아마네는 땅을 박차며 단숨에 거리를 좁힌 후, 남자의 허리띠를 잡고 뒤쪽으로 한껏 체중을 실었다. 남자가 크게 휘두른 주먹이 아마네의 코끝을 스쳤을 때 손목을 붙잡고 등 뒤로 팔을 꺾어 올렸다.

"자, 공무집행방해죄로 체포하겠습니다."

남자는 관절이 움직이는 범위 이상으로 팔을 꺾으려는 힘에서 벗어나기 위해 어쩔 수 없이 몸을 앞으로 구부리고 무릎을 꿇었다.

수갑을 뒤로 채우고 남자를 벽에 밀어붙인 후, 숨을 헐떡이며 쫓아온 우즈카에게 호주머니를 뒤지게 했다.

"어때, 찾았어?"

"찾았느냐니, 뭘요?"

대체 무슨 영문인지 모르겠다는 말투였지만, 곧 알아차린 듯했다.

"시라타카 선배, 이거요?"

호주머니에서 꺼낸 것은 오블라트*에 싸서 작은 봉지에 넣은 물건이었다.

"우즈카, 검사 키트."

그제야 사태를 이해했는지 우즈카는 비스듬히 멘 가방에서 얼른 마약 검사 키트를 꺼냈다.

"자, 지금은 검사약이 무색이지만, 마약 성분에 반응하면 빨간색으로 변할 거야. 잘 봐."

체념한 표정을 지은 남자의 눈앞에서 검사 키트에 오블라트를 넣었다.

검사약에서 양성반응이 나타나자 남자는 어깨를 축 늘어뜨렸다.

......

• 전분으로 만든 종이와 비슷한 얇은 물질. 먹기 힘든 약 등을 복용할 때 사용한다.

"오케이. 이건 세간에서 화제인 신종 합성 마약, 베가로 군. 어느 루트야? 시부야? 롯폰기?"

"어, 잘 모르겠는데요."

"아, 그래? 혹시 입에 지퍼를 채우면 어떻게든 될 거라는 생각이야? 참고로 그건 큰 착각이야. 뭐, 느긋하게 이야기 해볼까."

아마네는 맹금류 같은 눈으로 남자를 노려보았다.

"시간은 충분하니까."

마약 밀매인을 무사시노 경찰서로 연행하고 조서를 작성 한 후, 두 사람은 자리로 돌아와 한숨 돌렸다.

아마네는 형사 조직범죄 대책과 소속이다. 본청에서는 사건 내용에 따라 형사부를 1과에서 3과로 나누고 조직범 죄 대책부를 따로 두어 전문적으로 수사에 임하지만, 무사 시노서 같은 관할서에서는 그러한 부서를 하나로 통합해서 운영한다. 요컨대 관내에서 발생하는 형사사건을 모조리 아마네의 부서에서 담당하는 셈이다.

"시라타카 선배, 어떻게 아셨어요?"

우즈카가 아마네의 얼굴을 들여다보며 물었다.

"시라타카 선배? 혹시 저 무시하는 겁니까?"

아마네는 성가시다는 것을 일절 감추지 않고 말했다.

"네네, 듣고 있는데요. 뭔가요?"

"시라타카 선배의 그 기술을 가르쳐주세요. '매의 눈'이라는 별명으로 통하시죠? 계장님이 그러시더군요. 매의 눈의 기술을 훔칠 수 있으면 훔쳐보라고요. 그러니 열심히 해야죠."

"그거, 딱히 응원하는 게 아닌 것 같은데."

그래도 우즈카가 눈을 번득이며 묻는 걸 보고 아마네는 기가 찼다.

이런 사람을 보고 뭐라고 하더라.

그래, 요즘은 정뚝떨인가.

"남한테 묻기 전에 스스로 생각해봤어?"

"어, 그게……."

우즈카가 얼른 생각하는 척했지만, 아마네는 이미 다 꿰뚫어 보고 있었다.

"애초에 생각할 마음은 없었던 거지?"

죄송합니다, 하고 우즈카가 고개를 숙였다.

"흐름이야."

"흐름이라니, 무슨 흐름요?"

"인간은 목적에 따라 행동이 달라져. 역에서 나온 사람의 행동은 크게 두 종류로 나뉘지. 거기가 약속 장소라면 만날 사람을 찾는 낌새를 보이거나 방해가 되지 않는 곳을 찾아 이동해. 서 있더라도 그렇게 오래 머물지는 않고. 또 하나는 집이든 가게든 목적지가 있는 사람. 그들은 멈춰 서지 않고 곧장 목적지로 향할 거야. 그런데 그런 사람들 가운데, 굴을 들락날락하는 토끼같이 행동하는 남자가 있더라고."

"그게 그놈입니까?"

"역 앞에서 약물을 거래한다는 밀고가 들어와서 감시하고 있었어. 사람들 사이에 섞여야 눈에 띄지 않을 거라고 생각한 모양이지만, 내가 보기에는 오히려 눈에 확 띄었지."

"과연 매의 눈이라는 별명으로 통할 만하군요."

우즈카가 경망스럽게 말하자 아마네의 눈이 진짜 매처럼 날카로워졌다.

"……아, 죄송합니다."

하지만 우즈카가 조용해진 건 고작 2초 정도였다.

"그런데 왜 말씀을 안 해주셨어요? 빨리 말씀 좀 해주시지."

너무나도 빠른 태세 전환에 아마네는 어이가 없었다.

"이래서야."

"뭐가요?"

"집중하고 싶은데, 촐랑촐랑 나불거릴까 봐."

농담도 심하다는 듯이 헤실거리는 우즈카를 아마네는 다시 매의 눈으로 쏘아보았다.

신입 교육은 내 적성에 맞지 않는다. 특히 요즘 젊은 남자는 더더욱.

아마네는 절실하게 느꼈다.

"대체 그 큼지막한 가방에는 뭐가 든 거야? 기동성이 떨어지잖아."

아마네가 가방을 만지려 하자 우즈카는 손길을 피하듯이 옆자리로 가방을 치웠다.

"제가 못 따라가는 건 시라타카 선배가 너무 빨라서예요."

"쓸데없는 걸 가지고 다니니까 못 따라오는 거지. 줘 봐."

아마네는 싫어하는 우즈카에게서 가방을 빼앗아 지퍼를 열었다.

"우와, 이게 다 뭐야."

가방 안은 다양한 도구로 가득했다. 손전등, 쌍안경, 로프, 보조 배터리, 구급 세트 등등.

"옛날에 보이스카우트라도 했어? 이런 걸 1년에 몇 번이나 쓴다고 그래?"

"그, 써야 할 때 없어서 곤란한 것보다는 낫지 않을까 싶은데요."

"아무리 그래도 그렇지…… 이건 뭐야?"

무슨 튜브 같은 것이 보여서 아마네가 잡아당겼다.

"그건 파이버스코프예요. 틈새로 집어넣어서 안쪽 상황을 살필 수 있는 도구죠."

"파이버스코프가 뭔지는 나도 알아. 뭐랄까……."

아마네는 완곡한 표현을 찾았지만, 생각나지 않아서 그냥 솔직하게 말해버렸다.

"……소름 끼쳐."

충격을 받았는지 우즈카의 눈썹이 아래로 축 처졌다.

"그, 그렇게 말씀하시면 제가 꼭 스토커 같잖아요."

"냉정하게 생각해봐. 불심검문을 했는데 이런 걸 가지고 있으면 어떻게 할래? 나 같으면 당장 임의동행을 요구해서 끌고 갈 거야."

"너, 너무하십니다."

"저기, 필요한 물건을 구분하는 것도 형사의 능력—"

그때 아마네의 상사인 니시오 계장이 뛰어 들어왔다.

"주목! 이노카시라 공원에서 시체가 나왔다!"

형사실에 있던 형사들이 일제히 일어섰다.

"살인입니까?"

이노카시라 공원에서 발생한 살인사건 하면, 1994년에 발생한 '이노카시라 공원 토막 살인사건'*이 제일 먼저 떠오른다. 이 사건은 범인이 체포되지 않고 15년이 지나 공소시효가 성립되고 말았다.

똑같은 결과가 나와서는 안 된다.

"아직 자세한 내용은 모르지만, 그럴 가능성도 있어. 발견 당시 이미 사망한 상태였고, 사인 등에 대해서는 조사 중이야."

"일이 여기로 넘어왔으니, 평범한 병사病死는 아닐 것 같은데요."

"너무 앞서가지 마. 어느 쪽으로도 볼 수 있는 상황이라는 뜻이야. 일단 현장을 보존해. 나도 나중에 갈게."

아마네는 우즈카와 함께 형사실을 뛰쳐나갔다.

*

휴일인 데다 외출하기 좋은 가을 날씨라 이노카시라 공

......

• 이노카시라 공원 일대에서 27조각으로 절단된 시체가 발견된 사건.

원에는 사람이 많았다.

도쿄도 무사시노시와 미타카시에 걸친 이노카시라 공원은 기치조지역에서 걸어서 약 10분 거리고, 정식 명칭은 이노카시라 온시 공원이다.

공원 동쪽을 차지한 이노카시라 연못은 간다가와강의 수원지로 유명하며, 테니스 코트와 '미타카의 숲 지브리 미술관'을 포함한 부지를 한 바퀴 산책하려면 성인의 걸음걸이로도 한 시간 가까이 걸릴 만큼 넓다.

휴일이면 많은 사람이 찾아와 산책과 이벤트를 즐기고 가족 단위 방문객이 이노카시라 연못에서 보트를 타는 모습도 볼 수 있는, 도쿄 도내에서도 손꼽히는 공원이다.

"이런 곳에서?"

그것이 아마네가 받은 첫인상이었다.

현장은 변재천을 모신 사당이 있는 연못가에서 잡목림 언덕을 올라가면 나오는 벤치였다.

기치조지길 건너 공원 북쪽에 있는 자연문화원과 주차장에서 이노카시라 연못으로 통하는 길이기도 해서 통행인은 적지 않다.

"아슬아슬하네요."

우즈카가 행정구역을 염두에 두고 한 말이었다.

이노카시라 공원은 기치조지역이 가깝기도 해서 언뜻 무사시노시에 속한다고 생각하기 쉽지만, 사실 자연문화원을 제외한 대부분은 미타카시에 속한다. 북쪽의 바로 이 벤치 언저리부터가 무사시노시와의 경계선이다.

"수고 많으십니다."

먼저 도착한 미우라 유토 형사가 사진을 내밀었다. 미우라는 우즈카와 동갑이지만 인상은 참 다르다.

미우라는 무사시노서에 배속되기 전에 본청 수사2과 소속이었고, 경사로 승진한 것을 계기로 이동해 온 만큼 먹물깨나 먹은 듯한 분위기다. 성격이 차분하고 말수가 적은 것도 우즈카와는 정반대다.

"시신은 아까 옮겼지만, 이 벤치에 앉은 상태로 죽어 있었다고 합니다. 이게 그때 사진이고요."

아마네는 시신 사진을 보고 눈썹을 모았다. 피에로 분장을 하고 있었기 때문이다.

좌우가 흑백으로 구분된 복장, 얼굴은 하얗게 칠했고 코에는 빨간 공 같은 걸 붙였다. 커다란 뿔처럼 양쪽으로 갈라진 모자 끝부분에는 방울이 달려 있었다.

분장한 얼굴을 자세히 들여다보자 눈 주위는 판다처럼 까맸고, 얼굴의 3분의 1을 차지할 만큼 커다랗게 빨간색으로 입 주변을 칠했다. 뺨은 만국기와 별 같은 것으로 장식했다.

"피해자는 거리공연 같은 걸 하는 사람인가?"

"신분증이 없어서 아직 신원은 확인하지 못했지만, 적어도 허가를 받은 건 아닌 모양입니다. 공원 직원이 말을 걸었을 때는 이미 죽어 있었다고 하는군요."

휴일이면 이노카시라 공원에서 저글링이나 마술 등을 선보이는 공연이 열리지만, 기본적으로 공원에서 공연할 때는 사전에 허가를 받아야 한다.

아마네는 사건 현장을 둘러보았다. 노란색 테이프를 둘러쳐서 만든 규제선 밖에 수많은 구경꾼이 모여 서서 스마트폰으로 사진을 찍고 있었다.

"구경꾼 중에 사건 전후 상황을 찍은 사람이 있을지도 몰라."

"네, 이미 확인 중입니다."

스마트폰 등이 보급됨으로써, 요즘은 일반 시민이 찍은 사진이 중요한 단서가 되기도 한다.

미우라는 고개를 끄덕이더니 막 도착한 니시오에게 보고하기 위해 물러갔다.

"일머리가 있는 사람이네요."

우즈카가 태평하게 말했다.

"너도 좀 본받아."

"하지만 붙임성은 없어요."

"사건만 해결할 수 있으면 붙임성은 필요 없어…… 잠깐, 그거 나 들으라고 하는 말이야?"

우즈카는 아이고, 하며 뒤통수를 긁적였다. 결국 긍정도 부정도 하지 않았다.

"그나저나 무슨 일이 있었던 걸까요. 공연을 준비하다가 발작이라도 일으킨 건가."

"부검 결과가 나와봐야 알겠지."

아마네는 다시 주변을 둘러보았다.

지나다니는 사람들이 있다지만, 공연을 하기에는 적절치 않다는 느낌이 들었다. 어차피 할 거면 좀 더 연못에 가까운 곳이어야 사람들이 많이 모일 텐데…….

게다가 보통은 사람들이 돈을 넣을 통 같은 것도 준비할 텐데 그것도 없었다. 그 외에 공연에 필요한 소도구도 눈에 띄지 않았다.

그때 수고하십니다, 하는 목소리가 들렸다. 돌아보자 팔에 완장을 찬 남자들이 규제 테이프를 넘어오는 참이었다.

"누구려나요?"

우즈카가 방정맞게 물었지만, 옷깃에 달린 배지를 보면

누구인지 한눈에 알 수 있다.

"수사1과에서 나왔습니다."

"수고 많으십니다."

앞장선 베테랑 형사의 말에 니시오 계장이 대응했다.

아마네는 슬그머니 계장 뒤에 서서 귀를 기울였다.

"본건은 수사본부가 설치될 예정입니다."

즉, 이것은 병이나 사고가 아니라 살인……?

수사본부가 설치되면 앞으로 본청 수사1과와 합동으로 수사를 진행하고, 당분간은 서에서 지내야 한다.

문득 시선이 느껴져 고개를 돌렸다. 현장에 출동한 수사1과 형사들 사이에 있던 남자와 눈이 마주친 순간 아마네는 숨을 멈췄다.

한때 동료이자 연인이었던 구사노였다. 그가 본청으로 이동하고 계절이 한 바퀴 돌았다.

"수사1과 구사노입니다."

"시라타카입니다."

둘 다 태연한 척했지만 그게 오히려 어색해서 서로를 의식하는 바람에 태도가 더욱 부자연스러워졌다.

구사노의 분위기가 조금 달라진 것처럼 보였다. 밝은 색감과 독특한 무늬를 좋아하는 사람이었는데, 넥타이가 수

수해졌다.

본청 분위기에 맞춘 건지, 나이를 한 살 더 먹어서 그런 건지, 아니면 결혼을 앞두고 있다는 약혼자의 영향인지는 알 수 없었다.

"사고가 아닌가요?"

"검시 결과 수상한 점이 확인됐습니다. 목 뒷부분에."

구사노는 그렇게 말하며 오른쪽 귀 아래쪽을 가리켰다.

"작은 화상 자국이 있는데, 전기충격기로 추정됩니다. 다만 일반적인 전기충격기로는 그런 흔적이 남지 않는다는군요."

서로 존댓말을 쓰는 것이 두 사람의 현재 관계를 상징하는 것 같아서 아마네는 허전하기도 했다.

"전기충격기를 개조했다는 말씀이신가요?"

구사노는 고개를 끄덕였다.

"자세한 내용은 수사회의 때 보고가 올라올 겁니다. 그때까지 현장 부근의 탐문을 부탁드려도 될까요?"

"미타카서 쪽은요?"

"장소가 장소인 만큼 미타카서와도 공조할 겁니다. 이미 연락은 해뒀어요. 몇 명은 선발대로 현장에 왔을걸요."

교통편이 좋은 기치조지역은 무사시노시에 속하지만, 공

원 자체는 미타카시에 걸쳐 있다. 과거에도 양쪽 시에 걸친 사건이 발생한 적이 있으므로 협력하는 관계이기는 하나, 조율을 제대로 하지 않으면 나중에 귀찮아진다.

"알겠습니다. 우즈카, 가자."

규제 테이프 밖으로 나갔을 때 아마네는 문득 기묘한 기분이 들었다.

잠들어 있던 무언가가 깨어나는 듯한, 그런 정체 모를 기분이었다.

아마네는 평소 과거를 돌아보지 않는 성격이지만, 구사노라는 존재가 사고 회로에 이상을 일으켰는지도 모른다.

아주 넌더리가 나서 헤어진 것일 텐데도 남자와 재결합하는 여자가 있다. 그건 그간의 모든 일을 백지상태로 되돌릴 '추억'이라는 기폭제를 언제까지나 소중하게 간직하고 있기 때문이리라.

자신은 결코 그런 실수는 저지르지 않을 거라고 생각하며 아마네는 성큼성큼 걸음을 옮겼다.

이노카시라 연못 안쪽으로 튀어나온 곳에 위치한 변재천 사당에 도착하자 좌우를 둘러보며 개인적으로 작품을 파는 아트 마켓이나 아티스트를 찾았다.

한동안 여기 죽치고 있었던 사람에게 일단 이야기를 들

어보고 싶었다. 지나가는 사람은 피해자를 순간적으로밖에 못 보지만, 머물러 있는 사람들은 고정된 시점으로 자세히 보았을지도 모르기 때문이다.

"시라타카 선배, 구사노 씨와 무슨 일 있었습니까?"

총총걸음으로 따라오던 우즈카가 느닷없이 물어 와서 아마네는 당황했다.

"왜?"

"그게, 원래 구사노 씨와 아는 사이시죠? 그런데 어쩐지 생판 남처럼 서먹서먹해 보여서요."

겉보기와 달리 예리하다고 생각하면서도 아마네는 평정심을 유지했다.

"그쪽은 선배고, 계급도 나보다 위니까 당연하지."

아마네는 그렇게 말하고 이 이야기는 끝이라는 듯 더 빨리 걸음을 옮겼다.

마치 추억에 따라잡히지 않으려는 것처럼.

*

"억측이나 감은 집어치우고 사실만 보고해."

무사시노 경찰서의 회의실에 후쿠카와 다이치 수사1과

장의 목소리가 울려 퍼졌다.

유독 검은자위가 작은 눈과 가부키 화장을 한 것처럼 입꼬리가 험상궂게 축 처진 입에서는 산전수전 다 겪은 형사만이 지닐 수 있는 끝없는 박력이 흘러나온다.

"그럼, 관리관*. 잘 부탁합니다."

후쿠카와 옆에 있던 젊은 남자가 일어서서 사건의 경위를 설명하기 시작했다.

호리호리하니 양복을 입는 데 익숙하지 않은 취준생 같은 분위기지만, 커리어**이므로 계급은 이미 관할서 서장과 똑같다.

수사회의는 본청 수사1과와 관할서 합동으로 진행된다. 이번에는 인근 관할서에서도 지원이 나와서, 본청 인원 여덟 명과 무사시노 서원 열다섯 명, 그리고 미타카, 다나시, 고가네이에서 파견된 지원 인력을 포함해 총 서른 명 정도의 규모였다.

수사 지휘권은 수사1과 관리관에게 있다. 어지간히 큰 사

......
• 각 과의 관리직으로서 과장, 이사관에 이어 세 번째로 높은 직위이며 보통 서너 개의 계를 총괄한다.
•• 우리나라의 행정고시와 비슷한 국가 공무원 시험 1종 합격자 중 경찰직에 지원하여 배속된 사람을 가리킨다.

건이 아닌 한 수사1과장이 나서는 일은 별로 없다.

"저 관리관, 높으신 양반의 아들이래요."

우즈카가 귓가에 속삭여서 아마네는 기분 나쁘게 왜 이래, 하며 파리를 쫓듯 손을 쳐들었다. 그래도 우즈카는 기죽지 않고 속삭였다.

"이번 사건이 데뷔 무대인 모양이에요. 그래서 1과장에게 아이 보기 역할을 떠맡긴 게 아니냐는 이야기가 돌고 있어요. 뭐, 처음 한동안만 그렇겠지만요."

가지에 안경을 씌운 듯이 생긴 그 젊은 관리관은 중간중간 후쿠카와에게 눈짓을 받으며 수사회의를 진행했다.

"일단 피해자에 대해 알아낸 사항을 보고 바란다."

네, 하고 시원시원한 대답이 들린 후 무사시노서 형사가 일어섰다.

"치과 기록으로 피해자의 신원을 파악했습니다. 이름은 와카야마 가즈야, 나이 35세. 혼마치 2번지에서 양과자점 '파티스리 조네스'를 운영하는 점주 겸 파티시에입니다. 아르바이트생인 오구라 미치코라는 여성의 이야기에 따르면, 이틀 전 영업이 끝난 뒤부터 연락이 되지 않았다고 합니다. 덧붙여 피에로 분장 말씀인데요, 거리공연에 흥미가 있다는 이야기는 못 들어봤다고 했습니다."

아마네는 요점을 메모장에 적었다.

"다음으로 현장 주변을 탐문한 결과는?"

미우라가 일어섰다.

"이노카시라 공원 관리사무소에 따르면 공원 내부에서 실시되는 공연은 등록제인데, 허가증을 내걸어놓지 않아서 직원이 말을 걸었다고 합니다. 그때 피해자는 벤치에 앉아 고개를 숙이고 있었고요. 불러도 반응이 없길래 처음에는 팬터마임인 줄 알았다고 합니다. 이상입니다."

"다음으로 목격자에게 얻은 정보는?"

아, 나다. 아마네는 자리에서 일어섰다.

"피해자는 적어도 두 시간 전부터 거기 있었던 모양입니다. 바로 근처 매점 판매원이 목격했는데요. 점원이 매점에 도착한 오전 9시에 피에로는 이미 벤치에 앉아 있었다고 합니다."

"피해자가 혼자 왔는지 어떤지는 모르고?"

"네. 누군가와 이야기를 하는 모습은 못 봤다고 합니다."

"공원 직원이 말을 걸 때까지 두 시간쯤 되는데도?"

"네, 그 후로 지나가는 사람이 신기하게 바라보거나, 옆에 앉아서 사진을 찍었지만 아무도 시신이라고는 생각지 않았던 모양입니다."

"공원 직원처럼 팬터마임이라고 생각했나 보군. 그런데 피해자는 거기에 어떻게 온 건가?"

"그 점에 관해서는 탐문을 계속하는 한편으로, 부근의 CCTV 영상을 확인하고 공원에 있던 사람들에게 촬영한 사진을 제공해달라고 요청 중입니다. 또한 이노카시라 연못 주변에서 공연하던 사람들에게 물어봤는데, 거기는 공연할 만한 장소가 아니라고 합니다. 이상입니다."

아마네가 자리에 앉자 우즈카가 얼굴을 가까이 들이댔다.

"닭이 먼저냐, 달걀이 먼저냐네요."

적절치 않은 예시 같았지만 무슨 말이 하고 싶은지는 알아들었다.

피해자가 거기 와서 죽었느냐, 아니면 죽고 나서 거기로 옮겨졌느냐는 뜻이다.

그때 한 남자가 서류를 잔뜩 끌어안고 회의실에 들어왔다. 감식과 소속 검시관으로, 계급은 경감이라는 소개가 있었다.

검시관은 경찰대학교에서 법의학을 수료한 사람으로, 사인에 범죄성이 있는지 없는지를 법의관과 함께 판정하는 경찰관이다.

"부검 결과가 나왔습니다."

일단 수사1과장을 비롯한 간부들이 서류를 받았고, 이어서 앞자리부터 뒤쪽으로 차례차례 서류를 넘겼다. 서류가 다 건네진 걸 확인한 후 관리관이 검시관에게 고개를 끄덕였다.

"검안 후에 보고한 소견대로, 오른쪽 귀 아래쪽에서 약 5밀리미터 크기의 화상 자국 두 개가 확인됐습니다. 전기충격기에 의한 화상으로 봐도 틀림없을 듯합니다. 다만 출력을 아주 높였을 가능성이 있습니다."

"그러면 인체에 어느 정도 영향이 있지?"

"시판되는 전기충격기는 위력이 전기충격으로 상대를 겁먹게 할 정도밖에 안 됩니다. 기절시킬 만한 위력은 없고, 당연히 자국도 남지 않죠. 후유증은 전극 부분을 댄 부위와 시간에 따라 다르지만, 기껏해야 저릿함이 며칠 남는 수준입니다. 원래 사용자가 도망칠 시간을 버는 게 목적이라서요."

관리관이 재촉하는 듯한 몸짓을 했다.

"아, 요컨대 이 개조된 전기충격기는 자국이 남을 만큼 출력을 높였으므로 충분히 신체의 통제력을 빼앗을 수 있을 것으로 추정되며 경우에 따라서는 의식을 잃기도 할 겁니다."

"그게 사인인가?"

"아니요, 사인은 호흡곤란에 의한 질식사입니다."

"질식사? 목을 졸랐다든가?"

검시관은 의욕을 보이며 앞서 나가는 관리관에게 어떻게 대응해야 할지 몰라 당황한 듯했다.

"보고서 중간쯤을 보면 칸을 만들어서 써놓았는데요. 체내에서 테트로도톡신이 검출됐습니다. 테트로도톡신 중독 증상으로 추정됩니다."

순간 회의실 안이 술렁거렸다. 특히 복어에 많이 함유된 테트로도톡신은 자주복 한 마리 분량으로도 백 명을 죽일 수 있다고 한다.

아직 해독제가 없으므로 인공호흡을 하면서 독성 성분이 자연 분해되기를 기다릴 수밖에 없는, 다른 독과 비교해도 치사율이 높은 독소다.

수사할 때 테트로도톡신이 한층 골치 아픈 건, 다른 독극물에 비해 입수 경로를 좁히기가 아주 어렵기 때문이다.

청산가리 등은 제조부터 사용까지 유통 과정을 엄격하게 관리하지만, 복어 독은 독성이 청산가리의 천 배에 가까운데도 자연계에 존재하므로 유통 과정을 관리할 수가 없다. 극단적으로 말해 낚시로 복어를 잡으면 누구나 복어 독을 입수할 수 있다는 뜻이다.

"테트로도톡신은 추출하기가 어렵나?"

"요즘은 인터넷을 찾아보면 방법이 나올 겁니다. 즉, 전문 지식이 없는 사람이라도 추출할 수 있겠죠. 게다가 조리해도 독성이 사라지지 않으니까, 추출할 것 없이 독이 많은 부위를 요리에 섞어서 먹여도 될 테고요."

아마네는 마음에 걸리는 점이 있어서 이야기에 귀를 기울이며 자료를 넘기다가, 다음 말에서 손을 멈췄다.

"사망 추정 시각은?"

"오전 11시 전후로 추정됩니다."

메모하고 있던 다른 수사관들도 일제히 고개를 들었다. 계산이 맞지 않는 것이다.

"잠깐만. 11시라면 공원 직원이 말을 걸었을 무렵인데."

"네. 따라서 직전까지 살아 있었을 가능성이 있습니다."

관리관이 아마네를 향해 날카로운 시선을 던졌다.

"피해자는 그 두 시간쯤 전부터 벤치에 앉아 있었다고 했지?"

착오가 있어서는 안 되기에 메모를 다시 확인했다. 틀림없다. 아마네는 긴장된 표정으로 그렇다고 대답했다.

"테트로도톡신에 중독되면 어떻게 되나?"

"테트로도톡신의 독성은 신경을 마비시킵니다. 저릿저릿함을 느끼거나 걷기가 힘들어지는 증상이 나타나죠. 결국 호흡을 관장하는 신경도 마비돼서 호흡곤란으로 사망합니다."

"섭취한 후 증상이 나타나기까지의 시간은?"

"상황에 따라 다르지만 빠르면 30분 정도 후에 일단 현기증과 구역질이 찾아올 겁니다."

"피해자는 거기서 복어 독에 중독된 건가? 즉, 사고?"

"복어 독 중독은 4단계로 구분되는데요. 수의운동이 불가능해지는 3단계까지 가려면 서너 시간이 걸립니다. 이 또한 섭취한 독의 양이나 체질에 따라 차이가 커서 어디까지나 참고적인 수치지만, 적어도 거기서 복어 독을 섭취했다면 사망하기까지 오랜 시간 거기 있어야 하니, 증상이 진행되기 전에 도움을 요청할 수 있었을 겁니다."

"자살도 고려할 수 있다는 말인가?"

"자의인지 타의인지는 아직 모르겠지만, 전기충격기에 당한 흔적이 남아 있다는 건 고려할 필요가 있겠죠."

관리관은 신경질적으로 손톱을 물어뜯으며 생각에 잠겼지만, 후쿠카와 수사1과장은 도움의 손길을 내밀 마음이 없는 듯했다.

"그, 그러니까 만약 사고라면 지나다니는 사람이 많은 곳이니 도움을 요청할 수 있었을 거다, 그거로군."

"네. 물론 몸을 움직인다고 해도 동작이 꽤 느릿느릿할 테고, 말도 제대로 못 하겠지만요."

"도움을 요청하지 못했으니, 공원에 방치됐을 때는 적어도 3단계였다는 뜻인가?"

"그런 셈이죠."

소곤거리던 형사들이 이윽고 활발하게 이야기를 나누기 시작해서 갑자기 회의실 안이 소란스러워졌다. 후쿠카와가 형사들을 조용히 시켰다.

관리관이 머뭇머뭇하고 있으니 옆에 앉아 있던 후쿠카와가 뿔테안경을 벗고 미간을 두세 번 주무른 후 말했다.

"억측이나 상상으로 사실을 잘못 보면 안 돼. 올바른 정보가 있어야 올바른 수사를 할 수 있어."

아마네는 피해자의 사진을 본 후로 내내 느껴지던 위화감의 정체를 마침내 알아차리고 어라, 싶었다. 그 생각이 입 밖으로 튀어나왔는지도 모르겠다. 어느새 모두의 시선이 아마네에게 집중되어 있었다.

"시라타카 씨, 뭔가 알아냈습니까?"

그렇게 물은 사람은 구사노였다. 한동안 파트너이기도

했던 터라 아마네의 후각이 얼마나 날카로운지 누구보다
잘 안다.

"신경 쓰이는 점이라도 있나?"

머릿속이 아직 정리되지 않았지만, 후쿠카와가 물었으니
대답하지 않을 수 없었다.

"죄송합니다만, 그,"

아마네는 검시관을 보며 말했다.

"테트로도톡신을 나타내는 기호가 있습니까?"

"네? 어, 분명 의학 약어로는 TTX라고 표기할 텐데요."

아마네는 사진을 다시 내려다본 후, 한 장을 집어 들고 후
쿠카와에게 다가갔다. 관리관도 몸을 내밀었다.

"현장에서 찍은 피해자의 사진인데요. 피에로 분장이 좀
묘하다 싶어서요."

"뭐가?"

"피에로에는 어느 정도 유파라고 할까요, 종류가 있습니
다. 맥도날드 캐릭터처럼 생긴 크라운이나 트럼프의 조커
카드에 그려진 궁중 어릿광대처럼요. 하지만 이건 콘셉트
가 섞여 있어요. 분명 아마추어입니다."

"요점을 말해."

후쿠카와가 안경 코걸이를 중지로 밀어 올렸다.

"피해자가 자의로 이 모습을 했는지는 모르겠지만, 어쨌거나 거리공연에 익숙한 사람은 아닙니다. 그리고 여기를 보십시오."

아마네는 뺨 부분을 가리켰다. 간부와 형사 몇 명이 모여서 사진을 들여다보았다.

"아마도 심폐소생술을 할 때 지워졌겠지만, 희미한 글씨 안 보이세요? 'TTX'. 즉 테트로도톡신이죠."

회의실 안의 형사들이 술렁거리며 재빨리 각자 자료를 넘겨서 확인했다.

후쿠카와가 눈을 가느스름하게 떴다.

"확실히 그렇게 보이기는 하는데, 그것 말고도 뭔가 적혀 있어."

하얀 바탕에 빨간 글씨. 문질렀는지 엷게 번져 있었다. 그중에서 제일 진한 부분을 바라보고 있자니 아마네는 문득 숫자 하나가 떠올랐다.

"1 아닐까요? 1/TTX."

"분장의 일부 아닌가?"

"보통 피에로의 얼굴에 글씨는 적지 않습니다. 그리고 하나 더. 방향입니다."

아마네는 그 글씨를 손가락으로 쓱 훑었다.

오른쪽 귀뿌리에서 코 옆쪽을 향해 쓰여 있다.

"자기 손으로 쓰면 이렇게 될까요?"

다들 머릿속으로 상상하는지 검지를 자기 뺨에 가져다 댔다.

"예를 들어 거울을 보면서 썼다고 쳐도, 오른손잡이라면 코에서 오른쪽 귀를 향해 쓰지 않을까요? 하지만 이 글씨는 왼쪽에서 오른쪽으로 TTX라고 읽히도록 썼습니다."

"다른 사람이 썼다는 건가?"

"본인이 솜씨 좋게 썼다고도 볼 수 있겠지만, 남이 썼을 가능성이 높지 않을까 싶은데요."

후쿠카와는 머릿속에 떠올랐을 몇 가지 가능성을 꾹 다문 입에 가둔 듯했다.

"변함없이 억측에는 도가 텄군."

아마네는 애매하게 고개를 끄덕였다.

"1과장님하고도 무슨 일 있었습니까?"

곧바로 뒤에서 우즈카가 속삭였다.

아마네는 작게 혀를 차고 팔꿈치를 뒤로 휘둘러 우즈카를 떼어냈다.

"수사 시작한 지 얼마 되지도 않았어. 앞서가는 건 삼가도록 하지. 정보야, 정보가 필요해. 관리관, 조 편성부터 합시다."

옆에 앉아 있던 관리관이 지시를 내리기 시작했다.

본청 수사1과 형사와 지역을 잘 아는 관할서 형사가 한 조를 이루어 철저하게 탐문 수사를 한다.

정보는 날것이다. 시간이 흐르면 기억이 희미해지면서 사실 이외의 변질이 생긴다. 진실을 잘못 보지 않기 위해서도 중요한 과정이다.

특히 이번처럼 정체 모를 사건일 경우는.

"하야시 형사와 미우라 형사. 무라타 형사는, 우…… 뭐라고 읽는 거지? 응? 우즈카? 무라타 형사는 우즈카 형사와 같이 해."

우즈카는 척 보기에도 아주 노련한 인상의 형사와 파트너가 됐다.

"저, 저기……."

우즈카가 살짝 손을 들었지만 관리관은 모르는 척했다.

분명 파트너를 바꾸고 싶은 것이겠지만, 이건 수학여행 조 편성이 아니다.

우즈카가 누가 봐도 알 수 있을 만큼 불안한 표정으로 아마네를 보았으나, 해줄 수 있는 일이라고는 기도 정도다. 실수하지 않기를 바라는 기도.

"구사노 형사와 시라타카 형사."

뭐?

"자, 잠깐 죄송합니다만……."

아마네도 당황해서 손을 들었다.

"뭐야, 불만이라도 있나?"

"어, 그게……."

"아니요, 없습니다."

제대로 대답하지 못하고 머뭇거리는 아마네 뒤에서 구사노가 대답했다.

*

"오랜만이야."

"그러게."

"잘 지냈어?"

"……."

"이렇게 같이 공원을 걸으니까 옛날 생각난다."

아마네는 걸음을 멈췄다. 구사노는 두 걸음쯤 더 나아가다 돌아보았다.

"무슨 소릴 하는 거야, 여기는 사건 현장이라고!"

구사노와 아마네 조에게 맡겨진 구역은 사건 현장인 이노카시라 공원이었다. 여기서 목격자 증언과 CCTV 영상, 그 밖에 단서가 될 만한 걸 철저하게 탐색해야 한다.

분명 이 공원에서 데이트한 적도 있긴 하지만…….

"그것참, 아까부터 완전히 무시하길래 조금 놀려봤을 뿐이야. 이렇게 파트너가 된 것도 무슨 인연이니 사이좋게 지내자고."

"설마, 손을 쓴 건 아니겠지?"

"그럴 리가 있나."

아마네는 콧김을 힘껏 내뿜었다.

"그런데, 여자친구하고는 어때?"

"궁금해?"

"아니거든!"

어쨌거나 구사노의 여자친구는 무사시노 경찰서 교통과 소속이다. 즉, 아마네와 동료이고 마주치면 인사도 하니까 그녀가 잘 지낸다는 건 안다.

아마네와 구사노는 일단 피해자가 발견된 벤치 앞에서 양손을 마주 모으고 명복을 빌었다.

대체 무슨 일이 있었던 걸까.

"피해자가 남에게 원한을 살 만한 사람은 아니었지?"

그렇게 들었다. 피해자를 둘러싼 인간관계를 조사해도,
다들 밝고 사교적인 그를 원망할 사람은 없다고 말했다.
　　아마네는 메모장을 펼쳤다.
　　"피해자 와카야마 씨는 프랑스에서 공부하고 돌아와서
가게를 차렸어. 몇몇 상을 타서 업계에서는 유명했다나 봐.
동업자들도 와카야마 씨의 실력을 한 수 위로 여겼대. '기치
조지의 언덕 롤'이라는 케이크가 인기인 모양이야."
　　"먹어봤어?"
　　"아니."
　　"하긴, 그렇게 여성스러운 면은 없었지."
　　아마네는 구사노를 한번 째려보았다.
　　"지금 여자친구는 여자력*이 높아서 좋겠네."
　　"거기에도 장단점이 있지."
　　아마네는 구사노 앞에 떡 버티고 섰다. 20센티 가까운 키
차이를 의식하지 못할 만큼 강한 눈빛을 위로 쏘아냈다.
　　"구사노 경위님. 직무 외의 대화는 삼가주시겠어요? 근
무 태만이니까요."
　　구사노는 희미한 웃음을 지으며 경례로 답했다.

......
• 여성스러운 외모와 태도, 여성 특유의 능력이나 감각을 살리거나 발휘할 수
있는 힘을 가리키는 일본의 신조어.

아마네는 사진으로 본 피해자와 같은 자세로 벤치에 앉아 피해자와 눈높이를 똑같이 맞추었다.

여기에 뭐가 있는 걸까. 그나저나 모르겠는 건…….

"그런데 왜 산 채로 방치한 걸까."

구사노가 아마네의 마음속 목소리를 대변해주었다. 분통이 터지지만 이처럼 수사에 관해서는 척하면 통하는 부분이 있어서 같이 일하기에 편하다. 정말로 분통이 터지지만…….

"죽었다고 생각하고 유기했거나, 죽이는 게 목적은 아니었지만 결과적으로 죽었거나."

"확실히 그냥 죽이고 싶었다면 좀 더 간단한 방법이 있을 테니까."

아마네는 주변을 둘러보았다.

가족들과 커플, 노부부 등이 오가고 있었다.

"여기서 독에 중독된 게 아니라면, 누군가 여기까지 운반한 셈이야. 하지만 어떻게? 피에로를 업고 다니면 엄청 눈에 띌 텐데."

"애당초 왜 피에로지……."

아마네는 그 말에 아하 싶었다.

"피에로 분장을 한 이유로 생각해볼 수 있는 건?"

"일단 피해자의 맨얼굴을 감추기 위해. 그리고 시체라는 걸 사람들에게 들키지 않기 위해서일까."

"그렇겠지…… 그렇지만."

"뭔가 짚이는 게 있어?"

"이유는 모르지만 범인은 시체가 여기서 발견되도록 하고 싶었어. 하지만 여기로 운반하는 동안 반드시 누군가에게 들킬 거야."

한밤중에 옮기면 위험성이 낮아질 텐데 왜 그러지 않았을까.

아마네는 구사노를 돌아보았다.

"범인에게는 장소뿐만 아니라 시간도 중요했는지 몰라."

"아침때야. 이미 사람들이 공원을 찾기 시작할 시간이지. 구태여 목격당할 위험성을 무릅쓰면서까지?"

구사노는 터무니없는 수수께끼에 맞닥뜨린 듯한 표정을 지었지만, 과거의 경험으로 아마네가 항상 범인의 행동 심리를 고려한다는 걸 안다.

"응. 목격당하고 싶지 않으면 밤중에 옮기면 되는데, 왜 그렇게 하지 않았는가. 어쩌면 밝을 때 더 눈에 띄지 않는다든가?"

구사노는 아무 말도 없었지만 진지하게 이야기를 듣고

있다는 걸 눈빛으로 알 수 있었다.

그 눈빛이 '생각의 마중물' 같은 역할을 하므로, 아마네는 마음속에 담아두었던 생각을 안심하고 끌어낼 수 있다.

두 사람이 파트너였을 때 수많은 실적을 올린 건, 유연한 발상으로 사건과 그 배후에 숨겨진 인간상을 파악하는 아마네와 그런 아마네의 생각을 부정하지 않고 더욱 끌어내는 구사노의 존재가 서로에게 좋은 영향을 미쳤기 때문이다.

아마네는 감각, 구사노는 논리. 그것이 맞물렸을 때 아마네는 신이 나서 더욱 다양한 생각이 샘솟는 타입이다.

"아무리 밤중이라도 누군가와 마주칠 가능성이 없는 건 아니야. 그럴 때는 뭘 하고 있어도 수상해 보일 수 있겠지. 오히려 낮이라서 위장이 가능할 때도 있어. 이노카시라 공원은 거리 공연인이 많이 모이는 곳이니까……."

구사노는 묵직한 농구공이 튕기는 것처럼 힘 있게 고개를 끄덕였다.

"공연이라는 인상을 주면 당당히 지나다닐 수 있다는 건가. 즉, 범인도 피에로이거나, 그에 가까운 모습을 하고 있었다?"

아마네는 이야기가 통해서 기뻤다.

"어때?"

"좋아, 그 방향으로 탐문을 해보자."

평일의 이노카시라 공원. 휴일처럼 떠들썩하지 않되, 햇살이 따스하고 나뭇잎 사이로 비쳐드는 햇빛도 부드러운 이 시기는 사람을 끌어당기는 매력이 있다.

아침 시간대에는 인적이 드문드문하고 출근 및 등교를 하거나 개를 산책시키는 지역 주민들이 주로 지나다니지만, 낮이 되면 주변 일대의 회사원과 학생들이 모여든다. 점심을 먹거나 저마다 휴식을 즐기는 듯하다.

사건이 텔레비전에서도 보도됐지만 이만큼 날씨가 좋고 조용한 풍경이 펼쳐져 있으니 사람들에게는 어딘가 다른 세상 일처럼 느껴지는 모양이다.

아마네는 구사노와 함께 닥치는 대로 물어보고 다녔지만, 평일 회사나 학교 때문에 기치조지에 오고 휴일에는 쉬는 사람이 대부분이라 사건 당일에 있었던 일을 아는 이가 없었다.

탐문을 계속했으나 사건에 관련된 정보를 알고 있는 사람은 찾지 못했다.

피에로를 봤다는 사람도 있었지만, 그게 사건과 관계있

는 피에로인지 공연을 신청한 다른 피에로인지는 알 수 없었다.

"사건이 일어났을 때 공원 안에 피에로가 얼마나 있었을까?"

"우리 서 미우라 군이 조사했을 테니까 한번 물어볼게."

휴대전화를 꺼내며 아마네가 말했다. 발신음이 세 번 울리자 미우라가 전화를 받았다.

"물어볼 게 있어서. 피에로에 대해 뭔가 알아낸 거 있어?"

— 관리사무소 기록에 따르면 당일 피에로 모습으로 공원 안에 있던 사람은 2인조 콤비입니다. 장소는 야외무대 부근이었다고 하고요.

야외무대는 시신 발견 장소에서 500미터쯤 떨어진 연못 건너편이다.

아마네는 범인도 피에로 모습을 하고 있었을지 모른다는 추리를 설명했다.

— 그렇군요. 하지만 그 두 사람은 오전 11시쯤에 공원에 들어왔답니다.

"그렇군. 이쪽에서 피에로를 봤다는 사람을 찾았는데, 아마도 그쪽 피에로인가 봐. 사건과는 무관할 것 같아."

—피에로의 복장으로 구분할 수 없을까요?

아마네는 머릿속으로 상상해보았다. 어지간히 인상에 남는 모습이라면 모를까, 잠깐 앞을 지나간 정도로는 구분하기 힘들 것이다.

그런데 제 발로 걷지 못하는 피에로를 어떻게 하면 부자연스럽지 않게 옮길 수 있을까.

아마네는 머리를 감싸 쥐었다.

*

"현장 탐문 결과는 어땠나?"

야간 수사회의. 각 조에서 올리는 알맹이 없는 보고에, 관리관은 초조한 빛을 드러내기 시작했다.

구사노가 일어섰다.

"매일 아침 산책을 나온다는 노인의 이야기에 따르면 당일 아침 7시에 지나갈 때는 아무것도 없었다고 합니다."

"그렇다면 7시부터 9시 사이에 방치된 셈이로군."

"네."

"휴일 아침이라면 거리를 지나다니는 사람도 많지는 않겠지. 주변의 CCTV 영상은 확인해봤나?"

"네. 수상한 인물은 찍히지 않았습니다."

후쿠카와가 날카로운 눈빛을 던졌다.

"이봐, 뭘 보고 수상하다고 하는 건가?"

예리한 지적에 구사노가 아마네를 향해 눈짓했다.

뭐 어쩌라고? 아마네가 그런 뜻을 담아 쳐다보자 "그 점에 대해서는 시라타카 형사가 설명하겠습니다" 하고 본인은 자리에 앉았다.

"어, 잠깐, 그건……."

당황한 아마네에게 후쿠카와의 시선이 푹 꽂혔다.

"또 자네인가."

수사회의는 관리관이 진행하지만, 어느덧 아마네가 이야기에 얽히면 후쿠카와가 직접 나서는 구도로 변했다.

일종의 저격이라고도 할 수 있는 이 상황은 후쿠카와와 아마네의 충돌이 원인이다.

레이나 유괴살해사건. 이때 수사를 지휘한 사람이 후쿠카와. 아마네도 수사에 참여했다―.

체념한 아마네는 헛기침을 한 후 일어섰다.

"이건 아직 억측입니다만."

억측이나 상상은 후쿠카와가 질색하는 말이지만, 직감으로 행동하는 아마네는 그만 그 말을 입 밖에 꺼내고 말았다. 아니나 다를까 후쿠카와가 노려보았지만, 이야기를 재촉하기에 말을 이었다.

"피해자에게 피에로 분장을 시킨 건 위장이라고 생각합니다."

"뭘 위한 위장인데?"

메모광이기도 한 아마네는 메모장을 몇 장 넘겨 필요한 정보를 찾아냈다.

"피해자를 현장으로 데려왔을 때 테트로도톡신 중독 증상은 저항력이 사라지는 2단계 또는 3단계였을 겁니다. 아니면 피해자가 도움을 요청할 수 있을 테니까요. 즉, 피해자 본인은 움직일 수 없습니다. 그러한 사람을 옮기면 뭘 어떻게 하더라도 눈에 띕니다."

"그래서?"

"피에로 분장을 시킨 건 그 때문이 아닐까 싶은데요."

"눈에 더 띄지 않겠나?"

"네. 하지만 만약 범인도 같은 모습이라면 어떨까요?"

후쿠카와가 안경을 벗고 맨눈으로 쏘아보았다. 렌즈가 걸러주지 않는 만큼 눈빛이 더 날카롭게 느껴져서 아마네는 침을 삼켰다.

"과연. 확실히 조금 이상한 행동을 보이더라도 피에로라면 공연의 일종이라고 여길지도 모르겠군."

"그렇습니다. 범인은 그 효과를 노린 것 아닐까요?"

후쿠카와는 팔짱을 끼고 시선을 바닥으로 향했다. 머릿속으로 그 광경을 그려보는 것이리라. 이윽고 고개를 들었다.

"좋은 생각이지만 공원 안이라면 모를까, 거리에서는 오히려 눈에 띌 거야."

"네. 차로 공원 바로 근처까지 왔을 가능성을 고려해 주변 주차장의 CCTV 영상도 확인 중입니다."

"좋아, 계속 진행해봐."

아마네가 의자에 앉자 구사노가 윙크했다.

아마네는 옛날 생각이 나서 무심코 피식 웃었다. 그런데 또 날카로운 시선이 느껴졌다.

후쿠카와가 있는 정면이 아니라 비스듬히 뒤쪽에서…….

돌아보자 우즈카가 부릅뜬 눈으로 구사노를 노려보고 있었다. 흰자위가 많이 보여서 인상이 꽤 무서웠다.

우즈카가 자신을 잘 따른다는 건 아마네도 알고 있었다.

아마네는 우즈카의 교육을 맡은 사수지만, 원래 남을 가르치는 건 적성에 맞지 않았다. 그러다 보니 차갑게 대할 생각은 없지만 직무 외의 잡담은 하지 않았고, 생각해보면 눈도 별로 마주치지 않았다.

우즈카가 결코 상대하기 쉽지 않은 사람일 텐데도 아마

네를 흠모하며 따르는 건 아마도 자기 누나 때문이리라.

우즈카의 누나는 대학생 때 스토커에게 살해당했다.

경찰관이 된 것도 범죄를 증오하는 마음이 강했기 때문이라고 아마네는 우즈카가 배속될 때 계장에게 들었다.

그래서 기백 있는 녀석인 줄 알았는데 요즘 청년들과 별다를 바 없는 느낌이었고, 시스터 콤플렉스*와는 다르겠지만 아마네 생각에는 우즈카가 자신에게 누나의 모습을 투영하는 것이 아닐까 싶었다.

하기야, 그렇게까지 사적인 이야기를 할 만한 관계는 구축하지 못했기에 진짜로 어떤지는 모른다.

그렇지만…… 지금 눈을 거의 까뒤집고 구사노를 노려보는 것도 일종의 질투 때문이 아닐까.

앞으로가 걱정돼서 아마네는 깊은 한숨을 내쉬었다.

그 후로도 이노카시라 공원을 돌며 탐문을 계속했지만 수확은 없었다. 주변 주차장은 물론이고 온 거리의 CCTV 영상에도 이거다 싶은 모습은 찍혀 있지 않았다.

평일에 공원을 찾는 사람은 어느 정도 정해져 있어서 이

......
• 자신의 여자 형제에게 강한 애착이나 집착을 보이는 것을 뜻한다.

제 더 물어볼 사람도 없을 것 같았는데, 휴일은 공원을 찾는 사람도 달라진다.

사건이 발생하고 처음 맞는 주말인 이날은 새로운 정보를 기대하지 않을 수 없었다.

공원에서 달리기를 하는 한 남자에게 말을 걸었을 때였다.

그 중년 남자는 도중에 멈추기 싫었는지 그냥 지나쳤다가 아마네가 쫓아가서 계속 부르자 마지못해 멈춰 섰다.

남자는 어깨를 들썩이며 옷소매로 이마의 땀을 닦았다.

"죄송합니다. 경찰입니다."

"뭡니까, 달리기를 하면 안 되는 곳이에요? 나 말고도 많이—"

"아니요, 아니요. 좀 여쭤볼 게 있어서요."

아마네는 저자세로 나갔다.

"지난주 일요일에도 여기서 달리기를 하셨어요?"

남자는 허공을 바라보며 기억을 더듬었다.

"아아, 네. 아침 8시쯤이었나."

"그때 이상한 사람 못 보셨나요?"

"이상한 사람이라니요?"

"예를 들면 피에로라든가."

피에로? 남자는 말끝을 올려서 되묻더니 다시 기억을 더

듣는지 인상을 찌푸렸다.

"뭐, 이 공원에는 그런 사람이 많으니까 특별히 신경 쓰면서 달리지는 않아요. 내 페이스를 유지할 수 있느냐 없느냐가 더 중요하니까요."

확실히 체형을 보니 다이어트가 목적이라기보다 달리기 자체가 목적인 듯했다.

허탕인가. 그렇게 생각했을 때였다.

"아, 그러고 보니."

"뭔가요?"

"피에로라면 봤구나."

"어, 어떤 피에로요?"

"뭐랄까, 2인조였는데요."

역시 등록된 피에로는 자주 눈에 띄는 모양이다.

하지만 거기서 문득 깨달았다.

"그걸, 아침 8시에 보셨다고요?"

"네."

미우라의 보고에 따르면 '등록된 피에로'가 공원에 들어온 건 11시쯤이라고 했다.

"틀림없죠?"

"네. 피에로가 피에로를 옮기고 있었어요."

아마네는 구사노와 눈빛을 주고받았다.

"어디서요?"

"좀 더 저쪽. 다마미쓰 신사 쪽이요."

북서쪽에서 남동쪽으로 가늘고 길게 뻗어 있는 이노카시라 공원에서 시신이 발견된 곳은 공원 북서쪽이지만, 다마미쓰 신사는 공원의 남쪽 길옆에 있으니 정반대 방향에서 목격된 셈이다.

"골판지 상자 안에 무릎을 끌어안고 앉아 있는 피에로를, 다른 피에로가 밀차에 싣고 옮기는 퍼포먼스 중이었죠. 연못 반대편을 달리고 있어서 잘은 보이지 않았지만, 네, 그런 퍼포먼스라면 봤습니다."

그는 이야기하면서 기억이 되살아났는지, 마지막에는 자신 있게 고개를 끄덕였다.

"분명 사람이 많은 쪽으로 이동하는 중이었겠죠."

*

저녁까지 진행한 탐문에서 비슷한 증언을 몇 개 더 얻을 수 있었다.

정리하면 피에로를 옮기던 또 한 명의 피에로는 연못 남쪽 산책로를 지나간 것으로 보인다.

보통 공연 등은 연못 북쪽에서 많이 개최된다. 기치조지 역을 이용하는 사람들이 있어서 구경꾼을 모으기가 쉽기 때문이다.

하지만 그 '피에로들'은 변재천 사당 옆을 빠져나가 시신 발견 장소인 벤치가 있는 언덕 위로 올라간 듯하다.

아마네와 구사노는 새로운 단서를 얻어 고무된 기분으로 수사 회의실로 돌아왔다.

"시라타카 선배!"

회의실에 들어서자마자 우즈카가 아마네의 팔을 붙잡았 다. 마치 생이별한 가족과 재회한 것 같은 표정이었다.

"뭐야, 징그럽게. 이거 놔."

"그렇게 야속한 말씀 하지 마시고요."

우즈카가 말하며 어느새 구사노와 아마네 사이로 끼어들 었다.

"저기 앉으시죠."

우즈카는 아마네의 팔을 잡은 채 자기 쪽 자리에 앉히려 고 했다.

"좀, 네 파트너는 무라타 씨잖아."

아마네는 이미 자리에 앉아 무뚝뚝한 얼굴로 보리차를

마시고 있는 베테랑 형사를 바라보았다.

"하지만."

우즈카가 작은 목소리로 투덜거렸다.

"말이 안 통하는걸요."

"말이 안 통하는 건 우리도 마찬가지잖아. 무엇보다 보고는 파트너와 함께 하는 법이야. 얼른 저리 가."

아마네는 우즈카를 쫓아 보낸 후 고개를 절레절레 흔들며 자리에 앉았다.

"저 녀석은 대체 뭐야?"

구사노가 기묘한 생물체를 보는 듯한 표정으로 물었다.

"쟤는―"

우즈카를 보자 아니나 다를까 이쪽을 노려보고 있었다. 아니, 그렇다기보다 시선이 꽂힌 상대는 구사노인 듯했다.

"우리 과 신입. 내가 교육을 맡았어."

"어리광을 너무 받아주는 거 아닌가?"

"엄하게 대하고 있다고 생각하는데."

"꼭 이상한 놈들이 너한테 끌린다니까. 그런 페로몬을 내뿜고 있는 거 아니야?"

구사노가 장난스러운 웃음을 지었다.

아마네는 고개를 홱 돌렸지만 속으로는 동의했다. 어쨌

거나 그 '이상한 놈'에는 구사노도 포함되기 때문이다.

이윽고 사람들이 모두 다 모이고 야간 수사회의가 시작됐다.

구사노가 "보고는 네가 해" 하며 팔꿈치로 쿡 찔렀다.

공을 양보할 작정인 건지, 후쿠카와 수사1과장을 상대하라고 떠미는 건지 알 수 없었다.

아마네가 피에로를 옮긴 또 하나의 피에로에 대해 보고하자 회의실 안이 떠들썩해졌다. 얼마 전까지만 해도 상상에 지나지 않았던 피해자 이외의 사건 관계자가 실체화됐기 때문이다.

수사 방향은 잘못되지 않았다. 아마네는 보고를 계속했다.

"여러 증언을 종합하면 커다란 골판지 상자를 밀차에 싣고 간 피에로가 확인된 장소는 이노카시라 공원 남쪽의 다마미쓰 신사 언저리이고, 시각은 아침 8시경입니다. 그 후 현장인 벤치에서 골판지 상자 속의 피에로를 끄집어낸 것이 8시 30분쯤입니다. 그러고 나서 한동안 둘이 나란히 앉아 있었던 모양입니다만, 매점 판매원이 출근한 9시에는 피에로가 한 명밖에 없었습니다."

"그 후의 행방은?"

역시 후쿠카와가 물었다.

"아직 확인하지 못했습니다만, 차로 운반했을 가능성이 높으므로 인근 주차장 등의 CCTV 영상을 계속 확인 중입니다."

"즉, 범인은 테트로도톡신의 효력이 나타나서 피해자가 도움을 요청할 수 없는 상태가 될 때까지 기다렸다가 밖으로 데리고 나왔다는 거로군."

"그런 셈입니다."

"왜 굳이 그렇게 귀찮은 짓을 하는 거지?"

후쿠카와의 의문에 다들 생각에 잠긴 가운데, 아마네가 손을 살짝 들었다.

"뭐야?"

"범인은 시신을 방치하고 싶었던 게 아니라고 생각합니다."

옆에서 구사노가 아마네를 툭 쳤다. 아마네가 폭주할 것 같으면 자주 이렇게 신호를 보내곤 했지만, 오늘은 그녀를 멈출 수 없었다.

이건 단순한 살인사건이 아니다. 해야 할 말을 확실히 해 두지 않으면 피해가 커지는 걸 막을 수 없을지도 모른다. 그러면 자기혐오에 빠진다…….

일찍이 아마네는 같은 생각을 했던 적이 있었다. 레이나 유괴살해사건 때다.

아버지는 공립 중학교 교사, 어머니는 파트타임 종업원. 기치조지의 공단주택에 사는 평범한 가족이었다. 결코 유복하지는 않았다.

그런 이유로 몸값 목적의 유괴는 아니라고 직감했다. 재빨리 사건을 공표하고 행방을 찾아야 했다. 하지만 당시 막 형사가 됐던 터라 아마네의 목소리는 상층부까지 닿지 않았다. 수사본부는 범인이 몸값을 요구할 가능성이 높다고 보고 신중한 자세를 취했다. 결과적으로, 시간을 끄는 바람에 단서가 신선도를 잃어 범인의 행적을 추적할 수 없었다.

당시 수사 방침이 신중했던 것은 그 직전에 비슷한 사건에서 체포를 서두르다 인질이 사망하는 불상사가 발생했기 때문이라고 들었다.

그 사건을 지휘한 사람도 지금 눈앞에 있는 후쿠카와였다.

그리고 아마네의 경찰수첩에 들어 있는 손가락 인형은 레이나의 어머니가 준 것이다.

딸이 무사히 돌아오기를 기원하며 계속해서 만들었던 손가락 인형을 어떤 심정으로 아마네에게 주었을까. 그 마음을 생각하면 아마네는 지금도 가슴이 메어온다.

그 사건을 절대로 잊지 않겠다. 아니, 사건뿐만 아니라 그

때 무력하게도 신념을 관철하지 못했던 자기 자신을 꾸짖기 위해 지금도 손가락 인형을 가지고 다닌다.

아마네는 매처럼 날카로운 눈빛으로 후쿠카와를 응시했다.

"범인의 의도는 모르겠습니다만 적어도 단순히 죽이는 것이 목적이 아니라 살아 있는 상태로, 동시에 움직일 수 없고 머지않아 죽음을 맞을 상태로 방치하는 것에 의의를 두었다고 생각합니다."

"그냥 어쩌다 보니 그렇게 됐을 가능성도 부정할 수는 없어. 복어 독을 먹여서 죽은 줄 알았는데, 살아 있었을 뿐인지도 모르잖나."

검시관이 손을 들고 발언 허가를 요청했다.

"지금 1과장님이 말씀하셨듯이, 테트로도톡신에 중독되면 말기인 4단계에서 가사 상태로 보일 때도 있습니다. 의식은 있지만 신경이 마비돼서 전혀 움직일 수 없죠. 머지않아 호흡도 멎겠지만, 고통스러워도 몸부림조차 칠 수 없어요."

후쿠카와가 어떠냐는 듯한 눈으로 바라보았다.

아마네는 경찰수첩 속 손가락 인형을 쓰다듬었다.

"제가…… 이 사건이 어쩌다 그렇게 된 게 아니라고 보는 건, 앞으로도 똑같은 수법의 사건이 계속 발생할 것이라고 생각하기 때문입니다."

후쿠카와뿐만 아니라 모두의 눈빛이 달라졌다. 아마네의 직속 상사와 서장이 거북한 표정으로 얼굴을 마주 보았다.

"이봐, 자네. 억측으로 말하지 말라고 경고했을 텐데. 근거는 있나?"

"없습니다."

"그럼 그런 허튼소리로 혼란을 일으키지 마!"

이럴 때 아마네는 오히려 냉정해진다.

"근거는 없습니다만 허튼소리는 아닙니다. 오히려 억측조차 말하지 못했던 과거를 반성해서 드리는 말씀입니다."

후쿠카와는 잠시 아마네를 노려보다가 다시 안경을 꼈다.

"말해봐."

"1/TTX요. TTX는 테트로도톡신을 가리키죠. 그리고 거기에 일부러 숫자를 써놓은 건 이 범행이 한 번으로 끝나지 않는다는 암시로 볼 수 있습니다. 즉, TTX는 '테트로도톡신을 사용했다'가 아니라 '앞으로도 테트로도톡신을 사용하겠다'는 뜻 아닐까요?"

후쿠카와의 표정에서는 감정을 읽을 수 없었고, 다른 형사들은 반박 한마디 못하고 그저 다음 말을 기다렸다.

아마네는 잠시 굳은 표정을 풀고 검시관에게 물었다.

"테트로도톡신이라는 명칭은 복어의 학명에서 유래됐죠. 네 개의 이빨을 의미하는 말이라고 들었는데요?"

"맞습니다. 이빨이 네 개인 것이 복어과 물고기의 특징이라서요."

아마네는 고개를 끄덕인 후 후쿠카와에게 시선을 던졌다.

"경솔한 말씀을 드려서는 안 되겠지만, 제 생각에는 그 숫자가 복어 이빨을 나타내는 것 같습니다. 즉, 네 명 중 한 명이죠."

"앞으로 피해자가 세 명 더 나올 거라는 말인가?"

"'억측'이기는 하지만요."

"……알았어. 염두에 두지."

눈짓을 받은 관리관의 "일동 기립! 경례!"라는 구령과 함께 오늘 수사회의는 끝났다.

구사노가 얼굴을 가까이 가져다 댔다.

"좀 전에 그건 뭐야? 나한테는 말 안 했잖아."

"내 억측이니까 딱히 이야기할 필요는 없을 것 같아서."

"정말이지 네 머릿속은 어떻게—"

"시라타카 선배, 좀 전에 그 이야기 정말입니까!"

또 우즈카가 끼어들었다.

"앞으로 세 명이라니 누군데요? 언제 발생하는 겁니까?"

"좀 떨어져."

우즈카는 비교적 목소리가 커서 가까이에서 떠들면 귀가 따갑다.

"나도 몰라. 그러니까 사건이 발생하지 않도록 어떻게든 하자는 거잖아."

"그렇군요, 과연."

뭐가 과연인지는 모르겠다.

"그럼 밥이라도 먹으러 갈까요?"

"아니, 오늘은 집에 가서 좀 씻어야겠어."

수사본부가 설치되면 수사관 대부분은 서에서 지내지만, 아마네는 무사시노서에서 도보로 약 10분 거리에 있는 맨션을 빌려서 살고 있으므로 융통성 있게 오간다.

"아, 맞다. 둘이 가지 그래?"

아마네의 말에 우즈카는 구사노와 얼굴을 마주 보았다. 그리고 황급히 말을 바꾸었다.

"아, 하지만 배가 그렇게 고프지는 않으니, 편의점에나 다녀와야겠네요."

제2장
매와 화살

전혀, 라는 표현을 써도 될 만큼 수사에는 진전이 없었다. 구사노와 아마네 조 이외의 형사들도 사태를 타개할 만한 정보를 얻지 못해 수사본부는 점점 조바심을 내고 있었다.

기대했던 CCTV 영상에도 수상한 인물은 찍혀 있지 않았으므로, 범인은 부근 지리에 밝은 이 지역 사람이거나, 아니면 사전 조사를 아주 꼼꼼히 한 게 아닐까 추정됐다.

평일 아침 8시, 아마네는 이노카시라 공원의 그 벤치에 앉아 있었다.

범인이 여기에 내버려두었을 때 피해자는 아직 숨이 붙어 있었다.

의도한 짓인지 아닌지는 아직 분명치 않지만, 만약 일부러 그랬다면 목적은 무엇일까.

테트로도톡신 중독으로 의식이 몽롱해지는 건 최후의 순간이고, 그때까지는 몸이 움직이지 않아도 의식은 있다고한다.

지난번에 검시관과 이야기했을 때 복어 독 중독 4단계에서 살아난 사람의 후일담을 들었는데, "이제 틀렸다"는 의사의 말이 똑똑히 들렸다고 한다.

호흡이 멈추기 직전까지 의식이 있다는 점에서 일종의 잔혹함이 느껴져 아마네는 소름이 끼쳤다.

범인은 피해자가 숨이 멎을 때까지 대체 뭘 보여주고 싶었던 걸까.

아마네는 눈을 감고 심호흡을 한 뒤 주변을 둘러보았다.

사람이 많아졌다고는 하나 공원 안은 아직 조용하다. 가을 하늘은 쾌청했고, 다양한 나무들에서 떨어진 낙엽들이 이리저리 겹친 채 산책로를 수놓았다.

바람이 불 때마다 나뭇잎이 춤추는 소리가 났다.

낮에는 아직 따뜻하지만 이제 아침은 쌀쌀하다. 아마네는 옷깃을 여몄다.

—여기 뭐가 있지?

"자."

구사노가 뜨거운 커피를 내밀며 옆에 앉았다.

늘 이랬다. 아마네가 앉아서 기다리고 있으면 커피를 가져온다. 잠복할 때도 마찬가지였다.

"범인의 기분으로 살펴보니 뭐 좀 알겠어?"

"아니, 전혀 상상이 안 돼. 설마 죽기 전에 아름다운 경치를 보여주고 싶었던 건 아니겠지."

"설마. 정도의 차이는 있을지언정, 사람을 죽이는 놈은 정상이 아니야. 그런 놈한테서 합리적인 이유를 찾아본들 헛수고 아닐까?"

"하지만 CCTV 건도 그렇고, 아주 치밀하게 일을 진행하는 인상도 있는걸. 그게—"

아마네는 메모장을 꺼내서 테트로도톡신에 대해 정리한 페이지를 펼쳤다.

그 세심함에 구사노가 혀를 내둘렀다.

"어느 틈에 그렇게 많이 조사한 거야? 완전히 독에 푹 빠진 마녀로군."

"뭔 소리야. 하다못해 이과녀라면 모를까. 어쨌든 이거야, 이거."

구사노는 캔 커피를 옆에 내려놓고 메모장을 들여다보기 위해 얼굴을 바싹 들이댔다.

"테트로도톡신 중독에 관해 조사한 기사가 있었어. 의식은 있지만 몸이 말을 듣지 않는 상태에 이르기까지 걸리는 시간."

"3단계로군."

"응. 여기에 이를 때까지 서너 시간이 걸린다고 하지만, 실제로는 개인차가 크대. 독을 섭취한 양과 체격, 몸 상태 등에 따라서."

"그렇군."

"만약 범인이 피해자를 아침 9시에 방치해야 했다면, 독을 먹일 시간을 역산해야 해. 그러려면 개인차도 포함해서 시간을 조정해야 하지 않을까?"

"음…… 그래서?"

"……모르겠어."

"뭐?"

"미안해. 이야기하면 정리될 줄 알았는데."

구사노는 오래 내버려둬서 털털거리는 자동차 엔진처럼 불규칙한 소리를 내며 웃었다.

"옛날이나 지금이나 똑같구나 넌."

구사노는 대인 관계가 좋다고는 할 수 없는 아마네를 이해해주는 몇 안 되는 사람 중 하나다. 그런 사람이 옆에 있으면 역시 심적으로 편해져서 마음이 느슨해진다.

"예를 들어 만약 오후에야 3단계에 진입했다면 어떨까? 공원에 사람이 더 많을 테니, 위장해서 속여 넘기는 데도 한계가 있을 거야. 그래도 사람들 앞에 방치했을까 싶은 거지."

"아, 독이 작용할 때까지 시간이 얼마나 걸릴지 예측하지 못한다면, 그날 그 시간에 여기에 온 건 아무 관계가 없을지도 모른다는 건가."

"그래. 범인 입장에서 우선해야 할 사항은 목숨을 빼앗는 것, 아니면 살아 있는 상태로 사람들 앞에 방치하는 것 중 어느 쪽일까."

구사노는 다섯 손가락을 머리털 속에 집어넣어 머리를 벅벅 긁었다.

"모르겠는 건 피해자를 선택한 이유, 살아 있는 동안 방치한 이유, 일부러 사람이 많은 곳을 선택한 이유."

"모르는 것 천지로군. 반대로 알고 있는 건?"

아마네는 말문이 막혔다.

"정보가 필요해."

아마네는 구사노와 함께 탐문을 재개했지만 유용한 정보를 얻지 못한 채 정오가 지났다.

"일단 밥부터 먹자."

구사노의 제안으로 한때 자주 다녔던 정식집에 갔다. 주문하는 메뉴는 언제나 '요일별 정식 A'. 오늘은 고등어된장찜이었다.

식당 안이 회사원으로 가득해서 사건 이야기는 할 수 없었다.

그렇다면 화제는 자연히 사적인 쪽으로 향한다.

"여자친구랑은 잘 지내? 연락은 제대로 하고?"

구사노가 고등어의 잔뼈를 바르면서 웃었다.

"뭐야, 우리 어머니인 줄 알았네."

"툭하면 혼자 내버려두잖아. 자기는 불평하면서 상대방 이야기는 들어주지도 않고. 그런 점을 걱정하는 거야."

구사노의 여자친구는 교통과 경찰관이고, 나이는 스물일고여덟 살이었던가. 눈이 동그라니 귀여운 인상이다. 경찰관을 하지 않았으면 보육사로 일할 것 같은 느낌이다.

아마네는 쓴웃음을 짓는 구사노를 더욱 다그쳤다.

"별것 아닌 잡담으로도 충분해. 마음이 통한다는 것만 알아도 안심되니까."

된장국을 한 입 먹고 구사노를 보자 어느덧 진지한 표정이었다.

"너……."

"응?"

"그거, 무슨 마음으로 하는 말이야?"

"무슨 마음이냐니…… 당신이 행복하길 바라는 마음에서 하는 충고야, 충고."

아마네는 어물쩍 넘어갔지만, 구사노의 말 없는 추궁은 계속됐다.

구사노가 행복하기를 바란다고? 정말로?

갑자기 밥맛이 없어졌다.

"저기, 우리……."

그때 휴대전화가 울려서 아마네는 다행이라고 생각했지만, 두 사람에게 동시에 전화가 온 것이 묘했다.

둘은 서로 얼굴을 마주 보며 불안한 눈빛을 숨기지 못한 채 휴대전화를 귀에 가져다 댔다.

*

또 시체가 발견됐다—.

그 소식을 듣고 두 사람은 달렸다.

현장은 이노카시라 자연문화원. 시민들에게는 동물원으

로도 친숙한 곳으로 이노카시라 공원의 일부지만, 여기는 입장료가 있다. 이노카시라 연못이 있는 공원 주요 부분과는 길 하나를 사이에 두고 인접해 있으며, 이노카시라 연못에는 분원인 수생물원이 있다.

앞서 달리는 구사노의 뒷모습을 보자 아마네는 그와 동료였던 시절이 떠올랐다. 둘이서 이렇게 무사시노 거리를 내달리곤 했다.

그때의 추억을 떨쳐내고 아마네는 현장에 집중했다.

"시라타카 씨."

경찰수첩을 제시하고 정문을 통과한 아마네에게 미우라가 말을 걸었다. 함께 있던 파트너 형사도 구사노에게 손을 들어 인사했다.

"이 부근이 저희 담당 구역인데요, 구급차가 들어가는 걸 보고 찜찜한 예감이 들었습니다. 사건이 또 발생할지 모른다는 시라타카 씨의 말이 머릿속 한구석에 있어서 그랬는지 모르겠네요. 그래서 달려왔는데, 이미 늦었더군요."

미우라는 속상한 듯한 표정을 지었다.

"상황은?"

"피해자는 40대 남성. 이번에는 피에로 분장을 하지 않았지만, 테이블에 엎드려 있던 상태였습니다."

미우라는 원내에 아직 대기 중인 구급차를 가리키고는 걸어가면서 말했다.

"캔 맥주가 옆에 놓여 있어서 가족과 놀러 온 아버지가 피곤해서 자고 있는 것처럼 보였다고 합니다. 옆자리에서 쉬던 사람이 귀에 파리가 앉았는데도 피해자가 미동도 하지 않는 걸 보고 이상하다고 생각해 공원 직원에게 알렸습니다."

"그 상태로 얼마나 있었지?"

"쭉 보고 있던 사람은 없었고, CCTV 카메라도 없는 곳이라 현재로서는 정확한 시간을 알 수 없습니다만, 아마 한 시간 정도 아닐까 싶습니다."

"그런데……,"

미우라는 아마네가 하고 싶은 말을 깨달았는지 고개를 끄덕였다.

"직접 보시는 게 좋겠군요."

구급차 안으로 들어가서 먼저 시신을 향해 두 손을 마주 모았다.

신원은 아직 밝혀지지 않았지만, 한창 일할 나이대고 손가락에는 결혼반지를 끼고 있었다. 나중에 이 소식을 들을 가족을 상상하자 아마네는 가슴이 꽉 조여드는 기분이었다.

"여기입니다."

목 조금 아래쪽에 마커펜일까, 검은 글씨로 선명하게 적혀 있었다.

2/TTX.

"이건 연쇄살인이로군요……."

미우라가 중얼거린 말이 묵직하게 울려 퍼졌다.

"하지만 시라타카 씨, 여기는 울타리로 둘러싸인 곳입니다. 출입구가 한정돼 있으니 분명 어느 CCTV 카메라에 범인의 모습이 찍혔을 거예요."

아마네는 힘 있게 고개를 끄덕였다. 절대로 놓치지 않겠다.

연락을 받은 형사들이 차례차례 모여들었다. 그중에는 우즈카도 있었다.

본청에서 나온 형사 중에 제일 연륜 있는 형사가 그 자리에서 지시를 내렸고, 모두 분담해서 탐문에 나섰다.

평범했던 일상이 180도 달라졌다.

많은 관람객들이 혼란에 빠졌고, 그건 형사도 마찬가지였다.

막연하고 거대한 불안에 휩싸인 것이다.

*

　무사시노서에 매스컴이 수없이 몰려들었다.

　회의실 창문으로 아래를 내려다보자 정면 현관에 삼각대가 줄지었고, 밝은 촬영용 조명 속에서 리포터 몇 명이 떠들어대는 모습이 보였다.

　"시라타카, 잠깐 괜찮겠나."

　수사회의에 대비해 자리에서 자료를 읽고 있는 아마네를 니시오 계장이 불렀다.

　"네, 무슨 일이시죠?"

　"지금 밑에 다나하시 씨 부인이 와 계셔."

　"시신…… 확인인가요?"

　피해자의 신원은 조금 전에 반지로 판명됐다고 들었다.

　동일본 대지진 이후로 성명과 혈액형 등을 새겨서 인식표 기능을 하는 액세서리가 많아졌다.

　이번에도 반지 안쪽에 신원에 관련된 정보가 새겨져 있었다.

　"응. 반쯤 정신을 놓은 상태라 일단 2층 응접실로 모셨어. 이제 검시실로 안내해야 하는데, 부탁해도 될까?"

　"알겠습니다. 지금 갈게요."

"힘든 일을 맡겨서 미안해."

확실히 경찰 업무 중에서 가장 내키지 않는 업무이기는 하지만, 피해자의 목소리에 귀를 막아서는 사건의 본질을 이해할 수 없다.

응접실 문을 열자 여자가 소파에 푹 파묻히다시피 앉아 있었다.

꽉 움켜쥔 손수건에는 눈물이 얼마나 스미어 있을까. 초점이 분명치 않은 눈으로 바닥을 내려다본다.

그 시선 끝에서는 아직 어린 남자애가 네 발로 엎드려 기차 장난감을 가지고 놀고 있었다.

"형사 조직범죄 대책과의 시라타카라고 합니다."

피해자의 아내는 아마네와 눈도 마주치지 않고 묵묵히 일어나더니, 잠시 후에 아이에게 말했다.

"아빠한테 잠깐 다녀올 테니까, 기다리고 있으렴."

"나도 갈래."

피해자의 아내는 무릎을 꿇고 사랑스럽다는 듯이 아이의 머리를 쓰다듬었다.

"조금만 기다리고 있어. 금방 올 거야."

그런 다음 마침내 아마네에게 고개를 숙인 후 아내 지사입니다, 하고 나지막하게 말했다.

응접실 밖에 있던 경찰관에게 아이를 부탁하고 검시실로 향했다.

여름에도 차가운 공기로 가득한 곳이고, 겨울철에는 발 밑에서부터 냉기가 기어오른다.

아마네가 안으로 들어가 문 옆에 멈춰 서자, 지사는 머리를 꾸벅 숙이고 마치 평균대 위라도 걷듯 비틀비틀 나아갔다.

여기서부터는 가족만이 발을 들여놓을 수 있는 영역이다.

접힌 자국이 남은 새하얀 시트가 덮인 침대에 다다르자, 얼굴을 덮은 천이 바닥으로 스르르 떨어졌다.

지사는 눈물이 다 말랐는지 이제는 몸부림을 치지도 오열하지도 않았다.

떨리는 다리로 몸을 지탱하며 그저 멍하니 서 있었다.

"어쩌면 좋지……."

그렇게 딱 한마디 했다.

아마네는 새로운 결의를 가슴에 품고 눈이 새빨개진 채 수사회의에 임했다.

피해자가 두 사람으로 늘어나자 회의실에도 지금까지와는 달리 잔뜩 굳은 분위기가 감돌았다.

범인을 특정하지 못했다는 초조함과, 이러는 동안에 또 희생자가 나오는 것 아니냐는 두려움이 모두를 예민하고 피폐하게 만들고 있었다.

"체내에서 테트로도톡신이 검출됐습니다."

검시관의 보고는 예상과 다르지 않았다. 전기충격기 자국과 사람이 많은 곳에 방치된 상황도 첫 번째 사건과 아주 흡사했다.

다른 점은 방치한 시간대가 오후라는 것과, 피에로 분장을 시키지 않았다는 것 정도였다.

"피해자의 이름은 다나하시 도시키, 나이는 43세. 도쿄도 내에서 건축사무소를 운영하고 있었습니다."

"두 피해자의 공통점은?"

심각한 사태라고 생각했는지 후쿠카와의 발언이 늘어났다. 원래 현장에서 뛰었던 사람이라 잠자코 보고 있을 수가 없는 건지도 모른다.

수사관 한 명이 난처한 기색으로 보고했다.

"현재까지 두 피해자 사이에 접점은 발견되지 않았습니다."

"거주지는?"

"다나하시는 무사시노시, 첫 번째 피해자 와카야마는 도쿄도 스기나미구입니다. 통근 시간은 다르지만, 둘 다 기치 조지역을 이용합니다."

"취미나 지역 활동 등을 함께 한 건 아닌가?"

"현재까지는 파악된 바 없습니다. 와카야마는 독신이고, 다나하시는 기혼자입니다. 공통된 취미도 없는 것 같고요."

피해자에게 공통점이 있으면 범인을 찾아낼 힌트가 되겠지만, 두 사람은 전혀 다른 인생을 살아서 접점이 있을 것 같지 않았다.

아마네는 메모하면서 범인의 사고 회로를 이해하려면 어떻게 해야 할지 생각했다.

이 두 사람은 왜 선택됐을까. 범인은 공통의 지인일까.

의견을 물어보려고 구사노를 보자 그는 어쩐지 복잡한 표정이었다.

"왜 그래, 괜찮아?"

말을 걸자 구사노는 마법이 풀린 개구리처럼 깜짝 놀란 표정을 지었다.

"어? 응."

"뭔가 걸리는 점이라도 있어?"

"아니…… 뭐랄까, 네 생각대로 됐구나 싶어서."

"기쁘지는 않아."

"그렇겠지. 네가 옳다면 앞으로 피해자가 두 명 더 나올 테니까. 지금만큼 네 억측이 틀리기를 바란 적은 없어."

"동감이야."

아마네는 한숨을 쉬었다.

"그런데 네 남자친구가 안 보이는 것 같은데."

구사노가 비스듬히 뒤쪽의 빈자리를 장난기 어린 눈으로 바라보았다. 파트너 형사도 없는 걸 보니 수사가 길어지는 건지도 모르겠다.

구사노는 책상에 늘어놓은 피해자의 자료를 자기 쪽으로 모았다.

"묻지 마 살인 같은 범행일까?"

피해자 사이에 공통점이 없으면 수사 방침은 그쪽으로 기울 것이다.

아마네는 두 피해자의 자료를 비교해보았다. 직업, 나이, 취미, 가족 구성, 생김새와 체격, 인생의 배경에 이르기까지 공통점이 없다.

범인이 의도적으로 이 사람들을 골랐다면 그들의 무엇을 보았을까.

만약 무차별이라면 두 사람은 범인 가까이에 있었던 셈이다. 즉, 두 사람의 행동 범위가 겹치는 곳에 범인이 있는 셈인데…….

"기다리게 해서 죄송합니다!"

무거운 분위기로 가득한 회의실에 우렁찬 목소리가 울려 퍼지는 바람에 아마네는 놀라서 돌아보았다. 뒷문으로 들어온 우즈카가 제일 앞줄로 성큼성큼 걸어갔다. 의기양양한 표정의 우즈카와는 반대로, 파트너 형사는 어이없다는 얼굴로 따라갔다.

아마네 옆을 지나칠 때 우즈카는 씩 웃었다. 그리고 구사노에게는 우쭐대는 시선을 던졌다.

기다리게 해서 죄송하다니, 애당초 널 기다리지 않았는데.

"보고드립니다! 동물원 입구의 CCTV 영상을 확인한 결과, 피해자와 범인으로 추정되는 인물을 발견했습니다."

오오, 하고 사람들 사이에서 탄성이 터졌다.

우즈카가 앞쪽의 담당자에게 USB 메모리를 건네자 잠시 후 모니터에 영상이 나왔다.

매표소 옆 정문을 위에서 내려다보는 각도다. 초당 2프레임 정도라 깜빡거리는 영상이었다.

"여기입니다! 머, 멈추세요!"

우즈카의 목소리가 높게 울렸다.

"휠체어를 탄 이 남자의 옷차림을 잘 보십시오."

체크무늬 셔츠. 피해자가 입은 것과 비슷하다. 머리에 야구 모자를 쓰고 고개를 푹 숙였다.

그리고 휠체어를 미는 사람도 헌팅캡을 눌러 써서 얼굴이 잘 보이지 않았다.

"매표소 직원의 말에 따르면 장애인과 그 보호자는 입장료가 무료라고 알려주었지만, 할인에 필요한 장애인 수첩을 잃어버렸다면서 요금을 냈다고 합니다. 그때 피해자는 휠체어에 앉아 잠든 것처럼 보였다고 하고요."

후쿠카와가 모니터 바로 앞까지 와서 말했다.

"인상 등의 특징은?"

"50에서 60세 정도의 남자로 보였다고 합니다."

"그 밖에는?"

"어, 키는 170센티에서 180센티. 마른 체형이었던 모양입니다."

"좀 더 특징적인 점은 없나?"

"그게, 특별하게는……."

"직원은 맨 얼굴을 봤잖아, 제대로 물어봤어?"

"무, 물론입니다. 만약을 위해 몽타주도 만드는 중인데, 당일 관람객이 많아서 잘 기억나지 않는 모양이라……."

우즈카의 목소리가 점점 작아졌다.

"휠체어는 어떻게 됐어?"

"네?"

후쿠카와는 일단 수사관들에게 시선을 던졌다.

"이노카시라 자연문화원은 출입구가 몇 개야?"

미우라가 손을 들었다.

"일반 관람객이 지나다닐 수 있는 곳은 지금 화면에 비친 정문뿐입니다."

후쿠카와가 다시 우즈카에게 물었다.

"빈 휠체어를 밀고 나간 사람의 모습은 찍혔나?"

"어, 아니요……."

"복장이 비슷한 사람은 조사했나?"

"지금 조사 중입니다. 하지만 이 소식을 빨리 알려드리고 싶어서……."

"이봐, 이 영상만 가지고 범인을 특정할 수 있겠어?"

화면을 가리킨 후쿠카와의 손가락에서 짜증이 묻어났다.

"아, 아니요."

"그럼 웃지 마! 그리고 '모양' 같은 모호한 표현은 집어치 워! 확증을 얻을 수 있는 정보만 가져오라고!"

우즈카의 어깨가 축 늘어졌다.

"다음에 저 녀석한테 정보를 보고하는 법 좀 가르쳐줘."

구사노가 아마네에게 귓속말했다.

범인의 모습을 발견해서 우즈카는 신이 난 모양이지만, 이 영상만으로는 범인을 특정할 수 없다.

아무래도 본청의 베테랑 형사는 그걸 알고서 차분하게 보고할 작정이었던 것 같지만, 공을 세우고 싶었던 우즈카가 앞서 나간 것이리라.

"자연문화원에 휠체어 대여 제도가 있나?"

미우라가 다시 일어섰다.

"보통 다섯 대를 준비해놓고 무료로 대여한다고 합니다."

"당장 문의해. 만약 여섯 대로 늘어났으면 그중 한 대는 범인이 가져다 놓은 거야."

미우라는 시원스럽게 대답하고 회의실에서 나갔다.

"됐으니까 이만 들어가."

후쿠카와는 고개를 푹 숙인 우즈카에게 명령한 후 수사관 모두에게 말했다.

"피해자의 공통점은 무사시노가 생활권이었다는 것과, 기치조지라는 좁은 범위에 방치됐다는 거야. 확실한 건 이것뿐이지."

다들 말없이 고개를 끄덕였다.

"즉, 표적이 될 가능성이 높은 건 무사시노 시민 또는 무사시노시에서 일상생활을 하는 사람이고, 테트로도톡신으로 살해돼 기치조지에 방치된다. 우리가 시민에게 설명할 수 있는 내용이 이것밖에 안 된다는 건가?"

수사1과장으로서 기자회견을 요구받아 더욱 예민해졌는지도 모르겠다. 사실 그의 말마따나 시민에게 제공할 수 있는 정보가 거의 없다.

아마네는 막연한 불안에 휩싸였다.

경찰은 이 거리를 지킬 수 있을까.

그리고 3/TTX를 미연에 방지할 수 있을까.

*

아마네는 이노카시라 공원의 연못을 멍하니 바라보았다.

공원에서 시체가 발견됐다는 소식을 뉴스에서도 보도했지만, 변함없이 보트가 연못을 오간다. 평소와 다름없이 평화로운 광경이었다.

하지만 사건은 현재도 진행 중이다. 아직 끝나지 않았을 뿐 아니라, 해결의 실마리조차 찾지 못했다. 일상과 비일상은 정말로 종이 한 장 차이다.

"자."

평소처럼 구사노가 캔 커피를 사 왔다. 취향을 기억하고 있어서 아마네는 안심했다. 그러고 보니 형사가 된 뒤로 캔 커피를 마시는 빈도가 높아진 것 같다.

"아까 연락 왔어. 내버려진 휠체어가 원내에서 발견됐는데 지문은 검출되지 않았대. 지금은 휠체어 구입 경로를 조사하고 있나 봐."

구사노가 알려주었다.

"저기, 첫 번째 사건 때는 CCTV 카메라에 찍히지 않았는데, 두 번째는 왜 제 발로 가서 찍힌 걸까?"

"잘 모르겠지만 카메라 각도나 위치를 미리 조사한 게 아니겠어?"

"그렇겠지. 얼굴을 가렸고 입장 후에는 모습이 찍히지 않았으니까."

"지난번에도 CCTV 카메라에는 찍히지 않았지. 그렇다면 양쪽 모두 피해자를 방치할 곳을 면밀히 조사했을 가능성이 있어."

"어떻게 하면 꼬리를 붙잡을 수 있을까?"

"경찰은 팀이야. 자기가 해야 할 일을 부지런히 하는 수밖에 없겠지. 오늘은 여기부터로군."

연못에서 등을 돌리자 열 개쯤 되는 좁은 계단 위에 다마미쓰 신사가 있고, 그 너머로 주택가를 누비듯이 뻗어 있는 골목길이 보였다.

범인이 처음으로 목격된 곳은 이 언저리다. 그렇게 눈에 띄는 꼴로 어디에서 온 걸까.

계단을 올라가자 차 한 대가 겨우 지나갈 넓이의 골목이 나왔다. 근처까지는 차로 왔을 것으로 추정되지만, 이 부근에 코인 주차장은 없고 그냥 길에다 주차하면 인근 주민이 금방 신고할 것이다. 아마네는 구사노와 의견을 나누었다.

"일단 공원으로 들어가면 피에로 모습이라도 이상하지 않겠지만, 여기는 고급 주택가야. 피에로가 돌아다닐 만한 곳이 아니지."

"그럼 더 남쪽, 이노카시라 공원역 쪽일까?"

"그쪽이라면 목격자가 좀 더 있을 법도 한데. 대체 어디서 솟아난 거야. 역시 사전 조사를 아주 철저하게 했나 보군."

범인이 지나갔다고 추정되는 이노카시라 연못 남쪽을 뭔가 단서가 없을까 살펴보며 걸었지만, 결국 아무것도 발견하지 못한 채 문제의 그 벤치로 돌아왔다.

"자, 어떻게 할까. 이 주변에서 계속 탐문해도 뾰족한 수는 없을 것 같은데."

실제로 꾸준히 탐문했지만 새로운 정보는 나오지 않았다.

"첫 번째 사건 때처럼 주말을 노리는 수밖에. 지나다니는 사람이 평일과는 다를 테니."

"그래야겠군. 연쇄살인사건으로 발전했으니 본부에서도 작전을 변경할 테고."

그때 아마네에게 문득 한 가지 생각이 떠올랐다.

"저기, 잘은 모르지만 테트로도톡신은 절대적으로 효과가 있나?"

"무슨 소리야? 치사량이 1, 2밀리그램이라 청산가리의 천 배 가까운 독소잖아. 효과에 의문이라도 있어?"

"그건 아니고. 뭐라고 해야 할까. 이것 좀 봐봐."

"뭐야 이건."

아마네가 내민 메모장을 보고 구사노의 뺨에 딱딱한 웃음이 맺혔다.

다양한 기사를 스크랩한 메모장은 팝업 그림책처럼 빵빵했다.

아마네는 기사 중 하나를 가리켰다. 야마구치현 수산 시험장에서 공표한 기사였다.

"테트로도톡신이 맹독이라는 건 의심할 여지가 없지만, 복어의 독성은 개체차가 꽤 큰 모양이야. 같은 곳에서 어획

된 자연산 자주복이라도 독이 있는 건 40퍼센트 정도지. 그리고 그중 절반은 1킬로그램은 먹어야 치명적일 만큼 독성이 약해. 10그램만 먹어도 치명적인 '맹독'을 지닌 개체는 몇 퍼센트밖에 안 된다고 해."

"그건 몰랐네. 가끔 복어 간을 먹어도 멀쩡하다며 전문가 행세를 하는 녀석이 있는데, 우연히 독성이 약한 개체를 먹은 건지도 모르겠군. 그런데 그게 뭐 어쨌는데?"

"정제한 테트로도톡신을 구입하려면 연구기관 같은 곳임을 증명해야 하니까 유통 경로가 드러나지. 그렇게까지 위험을 무릅쓰기보다는 복어를 손에 넣는 게 빨라. 하지만 이렇게까지 개체차가 있으면 효력도 달라질 거야."

"어쩌면 무해할 수도 있겠지. 그래서?"

"혹시 실패한 사례는 없을까?"

첫 번째와 두 번째, 나이도 체격도 다르다. 같은 효과를 내기 위한 독의 용량도 다르지 않을까.

"그러니까, 테트로도톡신에 중독됐지만 살아난 사람 중에, 이번 사건의 범인이 실패한 사례가 있을지도 모른다는 건가."

"그래. 해독제는 없지만 독소는 자연 분해돼. 소량이라면 1단계에서 개선될 테고, 증상이 진행되더라도 빨리 알아차리고 인공호흡하면 살아날 확률이 꽤 높을 거야."

"그렇긴 하지만 그걸 어떻게 조사하려고? 사건과는 무관한 복어 식중독 사고가 매년 몇 건은 발생하고, 얼핏 봐서는 구분할 수 없는 1단계 증상이라면 병원에 실려 가더라도 혈액검사를 하지 않을지도 몰라. 게다가—"

말하다 말고 구사노는 눈을 꼭 감은 채 고개를 뒤로 젖혔다. 뭔가를 떠올릴 때 나오는 버릇이다.

"구급차 출동 횟수는 분명 도쿄도 내에서만 연간 70만 건이 넘을 거야. 그중에서 의심되는 사례를 조사해달라고 쉽게는 말 못 하지."

구사노는 캔 커피를 입에 댔지만 마시지는 않았다. 아마네의 아이디어가 잘 진행될 수 있을지 가늠해보는 듯했다.

"게다가 만약 자기 힘으로 병원에 갔다면? 그러한 데이터베이스는 서로 연동되지 않아. 인터넷처럼 검색한다고 바로 답이 나오지는 않을 거야."

확실히 그렇다는 생각에 아마네는 머리를 쓸어 올렸다.

"아, 착안점은 나쁘지 않다 싶었는데. 소방청에 연줄이라도 있으면."

그때 퍼뜩 생각나는 게 있었다.

"저기, 당신은 있지 않아?"

"마침맞게 그런 게 있을 리가 있나."

구사노가 어처구니없다는 표정으로 말하고는 곧 진지한 얼굴로 덧붙였다.

"아, 하지만 연줄이라고 하면."

"누군데?"

"좀 애매한 연줄이기는 한데, 본청 수사2과장인 다카다 총경이 명문가 출신이거든. 분명 남동생이 총무성*에 높은 직책으로 있을 거야."

"총무성이라면."

"그래, 소방청은 총무성의 외청이지. 한마디 해주면 일이 꽤 쉬워질지도 몰라."

"그렇구나. 그럼 2과에 아는 사람은?"

"그러니까 나한테는 없대도. 하지만 너희 서에 있잖아."

"아, 미우라 군!"

"그래. 좀 멀지도 모르지만, 한번 두드려볼 만한 가치는 있지 않겠어?"

"확실히 그러네, 고마워. 그런데 여전히 이런 쪽에 환하구나."

......

• 행정조직, 지방자치, 공무원 제도, 우편, 소방 등 국가의 기본적인 제도를 전반적으로 관장하는 일본의 행정기관.

"본청은 역학 관계니 인간관계니 복잡하니까. 알아둬서 손해 볼 건 없지. 뭐, 처세술이야."

아마네는 무사시노서에서 미우라를 찾아내 회의실 구석으로 데려갔다.

"저어, 원래 본청 수사2과에 있었지?"

"아, 네, 그렇죠."

무슨 일인지 모르는 미우라는 불안한 표정을 감추지 못했다.

"다카다 2과장님이랑 말도 하고 그랬어?"

"어, 2과장님이요? 마주치면 인사 정도는 했지만 저야 뭐, 말단 형사였으니까요."

"그렇구나."

"왜 그러세요?"

"그게, 이번 사건에 다카다 총경님의 힘을 빌리고 싶어서."

"1과장님께 부탁드리면 안 될까요?"

"아니, 좀 샛길로 가고 싶달까, 대놓고 부탁할 수는 없어. 그리고 윗사람들은 빚지는 걸 싫어하잖아. 게다가 1과장님과는 충돌이 좀 있어서. 더구나……"

미우라가 쓴웃음을 지었다.

"아아. '억측'이라는 말씀이시군요."

"맞아……."

미우라는 천장을 올려다보며 앓는 소리를 내다가 이윽고 뭔가 떠올린 것 같았다.

"제가 소속된 반의 주임님이 실력을 인정받는 분이었는데, 다카다 2과장님과 자주 이야기를 나눴습니다. 음, 그분이라면 말씀드릴 수 있을지도 모르겠네요. 어쨌거나 뭐든지 서슴없이 말하는 분이라. 그리고 보니 시라타카 씨와 좀 닮은 것 같기도 하네요."

"어, 그 사람도 여자야?"

"네. 생긴 건 많이 다르지만……."

어차피 나한테 여성스러움은 없답니다, 생각하며 아마네는 쓴웃음을 지었다.

"말해볼까요? 수긍이 가지 않으면 움직이지 않는 분이지만, 일리 있는 이야기라면 힘이 돼주실 겁니다."

"고마워! 뭘 부탁하고 싶으냐 하면—"

아마네는 메모장을 펼치고 전달할 이야기를 설명했다.

"즉, 테트로도톡신 중독 증상을 호소해서 구급 이송된 건을 조사해달라는 말씀이십니까?"

"그래. 이번 두 사건과 장소랑 방법은 다를지 몰라. 그리고 테트로도톡신에 중독됐어도 이송될 시점에는 단순한 현기증이나 구역질, 또는 손발 저림 같은 증상으로 보일 거야. 본인이 복어를 먹었다는 자각이 없으면 테트로도톡신 중독임을 모를 가능성이 높아."

"그렇군요. 기간은요?"

"일단 석 달 전까지 확인해줬으면 해."

"알겠습니다. 전 상사에게 말해볼게요. 남을 잘 챙기는 분이었으니, 적어도 과장님께 전달은 해줄 겁니다. 그다음은 장담할 수 없지만……."

"도와줘서 고마워!"

아마네는 양손을 마주 모아 고개를 숙이는 자세로 감사의 뜻을 전했다.

*

이틀 후 미우라가 공손한 표정으로 말을 걸었다.

"시라타카 씨의 예상이 맞았습니다. 이 소식을 전하면 1과장님도 놀라실 거예요."

"어, 뭔데, 뭔데?"

아마네는 클리어파일을 받아 자료를 넘겼다. 약 한 달 전, 황거*를 둘러싼 우치보리 대로를 달리던 사람이 쓰러져 이송됐을 때의 기록이었다.

"황거?"

의외의 장소였다.

"네. 달리기가 취미인데, 직장이 근처라 저녁에 세 바퀴를 뛰는 게 일과였던 모양입니다. 이날은 다케바시역에서 출발해 두 바퀴를 돌고 한조몬 언저리에서 쓰러진 걸 근처의 경찰관이 발견해 119구급대에 연락했습니다. 뭐, 특히 더운 날은 이런 일이 가끔 발생한다고 합니다만……."

"그런데 테트로도톡신이었어?"

"아니요, 금방 회복돼서 입원이나 상세한 검사는 하지 않았습니다."

아마네는 고개를 갸웃했다.

"그럼 왜 이 자료를? 중독 증상인지 긴가민가한데 검사도 하지 않았다면 단정할 방도가……."

자료를 다시 훑어보던 아마네가 흡, 하며 숨을 삼켰다. 자료에 나오는 사람을 알고 있었기 때문이다.

……
• 도쿄에 있는 일본 천황의 거처.

"다나하시?!"

이노카시라 자연문화원에서 발견된 두 번째 피해자였다.

"그렇습니다. 그러니……."

"범인은 예전부터 노리고 있었다는 뜻?"

그렇다면 묻지 마 범행이 아니다. 뭔가 의도가 있어서 노린 셈이다.

"하지만 어떻게……."

그러자 미우라는 제 생각입니다만, 하고 서론을 깐 후 말을 이었다.

"저는 예전에 본청에 있었잖습니까."

"아, 사쿠라다몬*은 우치보리 대로에 접해 있지."

"네, 그래서 달리기하는 사람들의 모습을 자주 보죠. 물통을 들고 뛰는 사람도 있지만, 몸을 가볍게 하고 싶은지 물통을 길에 놓아두고 뛰는 사람도 있어요."

"어, 그래?"

"네. 한 바퀴에 30분 정도 걸리니까, 목마를 때쯤에 수분을 공급하고 또 뛰는 거죠."

아, 하며 아마네는 고개를 들었다.

……

• 사쿠라다몬의 정면에 도쿄 경시청 청사가 있다는 것에서 유래한 도쿄 경시청의 별칭.

"그 사이에 독을 넣을 수 있겠구나……."

"그렇습니다. 만약 노리는 사람이 있었다면 범인은 이때를 독을 넣을 절호의 기회로 여기겠죠. 하지만 '억측'입니다."

맙소사. 그렇지만 가능한 일일까.

어쨌거나 보고는 해야 할 것이다. 우리는 정보를 물고 올 뿐, 그게 유용한지는 위에서 결정할 일이다.

"대단해, 공을 세웠네."

미우라는 고개를 저었다.

"저는 시라타카 씨 의견을 전달했을 뿐인걸요."

아마네는 미우라의 전 상사에게 고맙다고 전해달라고 부탁한 뒤 클리어파일을 가방에 넣었다.

"그나저나 미우라 군은 신뢰받는구나. 이렇게 빨리 정보를 가져올 줄이야."

"주임님은 무슨 일에든 고개를 들이밀고 싶어 하는 분이거든요."

미우라는 그렇게 말하고 웃었다.

회의실로 향하는데 옆에서 우즈카가 튀어나왔다.

"왜 미우라한테는 '군'을 붙이는 겁니까?"

원망 어린 목소리였다.

"뭐?"

"저는 고맙다는 인사도 들어본 적 없는데요."

애당초 고맙다고 인사할 만한 일을 뭐 한 가지라도 했었나?

"어휴, 좀 더 빠릿빠릿하게 해봐. 본청과 함께 일하는 건 기회야, 알겠어? 이번에 좋은 모습을 보이면 본청 수사1과로 뽑아 가줄지도 모른다고."

"수사1과 사람들에게 밉보였으니까 무릅니다."

알고 있으면서 어떻게 해볼 생각은 없는 건가.

"그리고 시라타카 선배가 안 가시면 저도 안 가요."

아이고, 머리야. 아마네는 한숨을 푹 쉬었다.

기치조지역 근처에 시켄데라(四軒寺)라는 교차로가 있다. 그런 이름의 절이 있는 건 아니고 부근에 게쓰소사, 안요사, 고센사, 렌조사라는 절이 모인 절 동네가 있다는 데서 유래했다. 교통 체증이 심한 곳이기도 해서 앞서려고 무리했는지, 흰색 미니밴이 횡단보도에 멈춰 있었다.

아마네는 그 틈새를 누비며 북쪽으로 나아가다 골목을 빠져나왔을 때 목적지인 맨션을 발견했다.

입구에서 호수를 입력해 자동문을 열어달라고 했다. 1층

로비의 소파에 앉아 있으니 엘리베이터를 타고 내려온 다나하시 지사가 머리를 숙였다.

"이런 곳에서 뵙자고 해서 죄송해요. 집에 친척과 회사 사람들이 와 계셔서요."

"아니요, 저야말로 여러모로 힘드실 텐데 죄송합니다."

수척해진 듯했지만 예전보다는 마음의 안정을 되찾은 것처럼 보였다.

"아이가 있으니 정신 차려야죠."

지사가 자기 자신을 타이르듯 중얼거렸다.

아마네는 할 말을 잃었다. 아이를 위해 이 역경을 헤쳐 나가겠다는 결의를 듣자, 무슨 말을 해도 겉치레밖에 되지 않을 것 같았다. 그런 말은 지사에게 아무 힘도 되지 않는다.

그래서 일부러 단도직입적으로 물었다.

"여쭤보고 싶은 게 한 가지 있어서요. 남편분이 예전에 구급차로 실려 가신 적이 있었을 텐데요."

예상과 달리 지사는 마치 즐거운 추억이라도 떠오른 듯 부드러운 웃음을 지었다.

"네. 저는 남편이 집에 온 후에 들었어요. 텔레비전을 보며 저녁을 먹다가 광고가 나올 때 '그리고 보니 오늘 처음으로 구급차를 타봤어' 불쑥 그러는 거예요. 저야 깜짝 놀랐지만…… 걱정시키기 싫었던 건지도 모르겠네요."

"남편분이 그 일에 대해 특별히 뭔가 언급하셨나요?"

"아니요. 일이 바빠서 피곤했나, 정도였죠. 저녁이라지만 날이 더웠으니까요. 구급차에서 상태가 완전히 좋아져서 구급대원들과 잡담했다던걸요."

"그럼 그때까지 비슷한 일은 없었고요?"

"네. 건강은 잘 챙겼으니까요. 입원은커녕 감기 한번 걸리지 않는 사람이었어요. 마라톤이 취미라 식단에도 신경 썼죠."

아마네는 메모장을 펼쳤다.

"마라톤 말씀인데요. 평소에는 황거를?"

"네, 일하는 날은 그랬죠. 휴일에는 요 부근을 달렸고요."

"달리는 코스는 정해져 있었나요?"

"네. 코스가 같아야 페이스를 조절하기 쉽다면서요. 스마트폰 앱으로 기록한 장소와 달린 시간을 매번 트위터에 올렸어요."

그제야 마법이 풀린 듯 지사의 표정에 그늘이 졌다.

"이번 일과 무슨 관계가 있는 건가요?"

"아니요. 수사 과정에서 밝혀진 일이라, 만약을 위해 상황을 확인하는 겁니다."

인사하고 맨션을 나선 아마네가 고개를 돌려 로비를 보자, 지사는 소파에 앉은 채 멍하니 바닥을 내려다보고 있었다. 정신적 피로 때문인지 생기가 빠져나간 것처럼 허탈한 표정이었다.

지사는 아이를 위해 기력을 쥐어짤 것이다. 하지만 지사 본인은 누가 지탱해줄까.

아마네는 무력감에 휩싸이면서도 해야 할 일에 초점을 맞추었다.

범인을 반드시 붙잡겠다.

그 결의를 가슴에 품고 지사에게 경례한 후, 무사시노서로 걸음을 옮겼다.

*

아마네의 보고를 들은 후쿠카와는 자신의 머리를 감싸쥐었다.

"다나하시를 예전부터 노리고 있었으니 묻지 마 범행이 아니다, 그건가?"

"그렇습니다."

"하지만 수법이 기치조지와는 많이 다른 것 같은데? 장소도 멀리 떨어져 있고."

"네. 하지만 '사람들 앞'이라는 공통점도 있습니다. 아마 범인도 처음에는 시행착오를 겪었을 겁니다. 살해 방법뿐만 아니라, 어떻게 사람들 앞에서 살해하느냐에 대해서도요."

후쿠카와가 안경을 벗고 맨눈으로 아마네를 쏘아보았다.

"그건 무슨 소리야?"

"다나하시의 물통에 테트로도톡신을 넣은 건 물론 살의가 있었기 때문이겠지만, 사람들 눈에 띄는 장소라는 것이 전제였을 겁니다. 그렇지만 실패했죠. 다나하시는 쓰러졌지만 금방 상태가 회복됐어요. 본인은 일이 바빠서 피곤했을 때 뛰어서 그랬나 보다고 했다고 합니다."

아마네는 심호흡을 하며 일단 머릿속을 정리했다.

"테트로도톡신 중독 증상과 증상이 나타나기까지의 시간은 개인차가 꽤 심합니다. 그래서 범인은 사람들 앞에서 살해한다는 콘셉트는 유지한 채, 방식을 바꾼 것으로 보입니다."

"효과가 확실히 나타난 걸 확인하고 나서 사람들 앞에 방치한다……."

"그렇습니다."

"그러려면 일단 납치해야 해. 그게 전기충격기를 사용한 이유인가."

후쿠카와는 깍지를 끼고 잠시 끙끙거렸다. 그러고는 신중하게 말을 꺼냈다.

"그런데 왜 그렇게까지 사람들 앞이라는 조건에 연연하는 거야? 수고로운 데다 들킬 위험성도 있어."

"그 점에 대해서는 아직 억측의 영역을 벗어나지 못했는데요."

"괜찮아, 말해봐."

아마네는 펼친 메모장을 바로 덮었다. 몇 번이고 머릿속으로 되새겨서 외우고 있었기 때문이다.

"테트로도톡신 중독 증상은 4단계로 나뉩니다. 황거 부근을 달리다 쓰러진 다나하시는 저림과 구역질, 운동능력 저하가 나타나는 1단계 이후로는 진행되지 않았기 때문에 자연 치유된 것으로 보입니다."

후쿠카와가 고개를 끄덕이기를 기다렸다가 말을 이었다.

"증상이 진행돼 팔다리가 마비되거나 말하기가 힘들어지는 것이 2단계에서 3단계. 온몸의 신경이 마비돼 호흡곤란으로 사망하는 것이 4단계. 한편으로 죽기 직전까지 의식을 유지하는 것이 테트로도톡신 중독의 특징입니다."

"의식은 있는데 몸이 움직이지 않아 죽는다는 거로군."

"네. 범인이 테트로도톡신에 집착하는 것도 그 때문 아닐까요. 즉, 피해자가 죽기 직전에 뭔가 보여주거나 들려주려는 게 아닐까 싶습니다만."

후쿠카와는 눈구석을 누른 채 중얼거렸다.

"매의 눈이라."

"네?"

"서장한테 자네 소문은 들었어. 이름대로 매 같은 녀석이라고. 높은 곳에서 사건을 조망하다 핵심을 찾아내면 급강하한다나. 그리고 단독 행동을 좋아한다는 점도 매와 똑같다더군."

칭찬하는 건지 나무라는 건지 알 수 없었다.

하지만 매 같아졌다고 한다면, 그 계기는 역시 레이나 유괴살해사건이리라.

아사카와강에서 본 광경이 꿈에 나오는 바람에 진땀을 흘리며 깨어나 한밤중에 홀로 운 적이 수없이 많았다. 경찰을 그만둘 마음도 먹었었다.

그래도 지금 여기 있는 건 속죄하기 위해서다. 레이나를 구하지 못한 것뿐만 아니라 자신에게 빈틈이 있었다는 것을 속죄하기 위해.

채 피지도 못하고 져버린 생명 앞에서 경험이 부족했다느니, 수사 능력이 뛰어나지 못했다느니 하는 말은 아무 변명도 되지 않는다.

그래서 극한까지 능력을 키우고, 알아차린 사실은 담아두지 말고 발언하고, 절대 타협 없이 수사에 임한다는 과제를 자기 자신에게 주었다.

그러다 보니 어느덧 '매의 눈'으로 불리게 되었다.

"연쇄살인사건, 그것도 무차별이 아닐 가능성이 높아졌어. 수사 태세를 변경하고, 지금보다 더 단단히 연계해서 수사할 필요가 있겠지."

"……네."

멋대로 설치지 말라는 건가.

"자네는 범인상을 파악해."

"어, 하지만."

"올바른 정보를 취사선택하기 위해서는 자네같이 별난 시각도 무시하면 안 되겠지. 격한 논쟁을 주고받아야 보이는 것도 있는 법이야. 아무리 황당한 이야기라도, 부정할 수 없으면 그만큼 용의자의 범위를 좁힐 수 있어. 그러니 단서를 물고 와."

"알겠습니다."

"그런데."

기세 좋게 돌아서려던 아마네에게 후쿠카와가 날카로운 목소리를 던졌다.

"이솝 우화에 『매와 화살』이라는 이야기가 있다는 거 아나?"

아마네는 고개를 저었다.

이솝 우화가 어울리지 않는 후쿠카와인 만큼 더 의외였다.

"사냥감을 노리던 매가 보이지 않는 곳에서 날아온 화살에 맞아. 숨이 넘어가는 와중에 그 화살을 보자, 화살 깃이 매의 깃털로 만들어져 있었다는 이야기야. 요컨대 자신을 망치는 건 자기 자신이라는 교훈이 담겨 있지. 자네를 보고 있으면 걱정돼. 눈이 밝은 건 좋지만, 오히려 주변은 잘 보이지 않는 게 아닌가 싶어서."

"그런 생각은…… 해본 적 없습니다."

"뭐, 됐어. 역설적이지만 자네가 마음대로 움직일 수 있는 건 팀워크가 있어서야. 그걸 잊지 마. 그리고 자기 자신을 너무 몰아붙이지 말고. 이상."

아마네는 일단 몸을 돌렸지만, 무슨 의미로 한 말인가 싶어 돌아보았다.

후쿠카와는 이미 자리를 떠나고 없었다.

제3장
손가락 인형

사건이 연쇄살인사건으로 발전하자 후쿠카와가 실질적으로 수사 지휘를 맡게 됐지만, 진전 없는 수사회의만큼 괴로운 것은 또 없다.

범인에게 다가서고 있다는 실감이 없으면 무엇보다 피해자와 유족에게 미안하고, 자기가 소속된 경찰 조직이 힘을 발휘하지 못하고 신뢰를 잃어간다는 게 피부로 느껴진다.

이는 사기 저하로도 이어지며, 수사는 일종의 사무적인 업무로 변해간다. 그리고 이렇게 뒤처지다 희생자가 또 나오는 것 아니냐는 불안에 지배당한다.

후쿠카와가 아마네에게 맡긴 것은 이러한 패배감을 타개하는 역할이었다.

그 마음은 절절하게 전해져 왔다. 하지만…….

"어디서부터 손을 대야 할지 모르겠다는 표정이네."

아마네가 형사실의 자기 자리에 앉아 머리를 감싸 안고 있으니, 구사노가 평소처럼 캔 커피를 사 왔다.

수사 체제가 재편성돼 아마네는 구사노와 따로 행동하게 되었다. 벌써 함께 수사할 때가 그리웠다.

"정답이야. 1과장님이 범인상을 파악하라는데, 정말 모르겠어. 범인은 왜 이런 식으로 사람을 죽이는 걸까?"

"꼭 사람들 앞에서 죽여야 할 이유가 있는 거겠지."

그렇다, 늘 같은 의문에 부딪친다.

왜 사람들 앞에서 죽이는가.

그 이유가 궁금하다. 범인이 자행하는 짓은 제대로 된 인간이 할 짓이 아니다. 즉, 범인의 의도를 이해하려면 정면에서 보이는 모습만 관찰해서는 불충분하다.

전혀 다른 사고방식이 필요할지도 모른다.

다른 시각…….

늘어놓은 자료 위에 메모장을 펼치고 빠뜨린 것이 없는지 살펴보았지만, 아무것도 나오지 않았다. 아마네는 머리를 벅벅 긁으며 한숨을 쉬었다.

구사노가 빈 의자를 옆에 놓고 앉아 책상 위의 자료를 훑어보았다. 수염이 삐죽삐죽 자란 것으로 보아 이틀쯤 면도를 하지 않은 듯했다.

그 정도는 알 만큼 함께했던 시간이 길었다. 입맞춤할 때 뺨에 손을 댔던 감촉이 되살아났다.

아마네의 시선을 알아차렸는지 구사노의 눈이 동그래졌다.

"어, 왜?"

"아니, 아무것도 아니야."

아무것도 아니라는 말로 넘어가려 했지만, 그럴 수 없는 사정도 있었다.

아마네는 형사실에 아무도 없는 걸 확인하고 입을 열었다.

"왜 이별한 거야?"

"뭐? 네가 헤어지자면서."

"그게 아니라, 이번에 이별한 거."

구사노는 아마네가 꺼낸 '이별'이라는 말이 다른 뭔가를 뜻하는 게 아닌지 생각하는 것 같았지만, 이윽고 포기했다.

"어떻게 알았어?"

"걔가 왔었어."

구사노의 눈이 더 커졌다.

오늘 아침 무사시노서 정문을 통과했을 때 말을 거는 사람이 있었다.

"저어, 오다나가예요."

물론 안다. 구사노의 여자친구인 오다나가 도모미다.

"느닷없이 죄송해요. 뭐라고 하면 좋을지 모르겠지만…… 구사노 씨가 헤어지자고 해서요."

아마네야말로 뭐라고 말해야 할지 몰라서 당혹스러웠다.

오다나가를 자세히 보자 눈이 빨갛게 부어 있었다.

"요즘 연락해도 답신이 없고, 만나도 이야기도 잘 안 하고. 분명 시라타카 씨와 함께 수사하니까……."

"아니야, 아니야. 형사는 수사본부가 설치되면 힘드니까 그럴 거야."

"저, 시라타카 씨와 비교하면 모자란 점이 많으니까…… 그래서 재결합할 생각인가 싶어서……."

어느덧 목소리에 울음이 섞였다.

"자, 잠깐만. 정말로 그런 거 아니야."

오다나가는 손가락이 하얘질 만큼 깍지 낀 손에 힘을 주었다.

"이제 내가 매력이 없어진 건가……."

"아, 아니야. 나보다는 훨씬 매력 있어."

이런 아수라장은 일찍이 경험해본 적이 없었다. 어떻게 달래면 좋을까.

아마네는 안절부절못하던 끝에 오다나가를 꼭 안아주었다. 그러자 오다나가는 댐이 무너진 것처럼 펑펑 울기 시작했다.

"그 사람이 정말 고민하는 표정인데도 저는 아무것도 해주지 못하고…… 역시 제가 필요하지 않았던 거예요……."

아마네는 오다나가를 한 번 더 꼭 끌어안고 나서 속으로 소리쳤다.

그 바보 같은 인간!

"이 바보 같은 인간아!"

책상에 푹 엎드린 구사노는 숨을 참고 있었는지, 고개를 들자 물을 채운 세면기에서 고개를 든 것처럼 얼굴이 새빨갰다.

"미안해, 나 때문에 애먹었네."

"폼 잡지 마. 나한테 할 말이 아니잖아. 대체 무슨 일이 있었던 거야?"

"어, 그야 이런저런 사정이 있었지. 이런저런."

"또 그딴 말로 도망치기는. '이런저런'이라니 말 한번 편리

하네. 대체 여자를 몇 명이나 울려야 직성이 풀리는 거야."

"아니라니까, 난 개를 생각해서."

"나왔다, 자기중심적인 해석. 여자는 그런 역발상은 할 줄 몰라."

구사노는 머쓱한 듯 몸을 비틀었다. 아마네에게 괜히 말을 걸었다고 후회하는 것이리라.

아마네는 그런 구사노를 반쯤 패씸하다는 기분으로 보고 있다가, 갑자기 머릿속에서 뭔가가 노크하는 듯한 기분이 들었다.

역발상?

아마네는 사건을 조감해보았다. 하늘 높이 날아오른 매가 사냥감을 찾듯이…….

그때 아마네의 눈이 빛났다.

"……반대인가."

"뭐라고?"

"혹시 사람들 앞에 방치한 게, 죽이기 위해서가 아니라 살리기 위해서였다면?"

구사노는 화제가 갑자기 바뀌어서 당황한 듯했지만 금방 아마네의 생각에 따라와주었다.

"스스로 독을 먹여서 방치하는 게 살리기 위해서라고?"

"그래. 방치했을 때는 중독 증상 3단계야. 아직 살아날 가능성이 있는 상태잖아."

"굳이 그럴 이유가 있을까. 살리고 싶다면 애당초 독을 먹이겠어? 모순투성이야."

구사노는 픽, 하고 콧소리를 내며 웃었다.

"역발상에도 정도가 있지."

그래도 아마네는 실마리를 붙잡은 기분이었다.

모순투성이인 범인의 행동을 상식적인 눈으로 본들 이해할 수 없다.

"어쩌면 피해자가 살아날 기회를 주는 것 아닐까?"

"그렇다면 범인은 위험한 도박에 나서는 셈이야. 얼굴이 드러났으니, 피해자가 살아나면 즉시 범인이 특정될걸."

"그렇다면 도망칠 마음은 없는 건지도 모르지."

"범인이 게임을 하면서 즐기고 있다, 그런 말이라도 하고 싶은 거야?"

"가능성이 없지는 않잖아?"

구사노는 어이없다는 표정을 지었다.

"만약 그렇더라도 '왜'라는 부분이 남아. 그냥 유쾌범*이
......

• 개인이나 사회를 혼란에 빠뜨리고 그 반응을 즐길 목적으로 범행을 저지르는 범죄자.

게임을 한다고 치더라도 왜 이런 짓을 하는 건데? 피해자를 선택한 기준은 뭐고?"

"아니, 그건—"

아마네가 말을 끝맺기도 전에 우즈카가 뛰어 들어왔다.

"시라타카 선배! 큰일 났습니다!"

"무슨 일인데?"

"또, 또 나왔어요!"

아마네는 멍한 얼굴로 자리에서 일어섰다.

*

기치조지역 북쪽 출입구에 쇼와* 시대의 정취가 남은 골목길이 이리저리 뻗어 있는 구역이 있다. 제2차 세계대전 후 발생한 암시장에 뿌리를 둔 '하모니카요코초'다. 지금도 작은 점포가 백 개도 넘게 모여 있다. 옛날 모습 그대로인 선술집도 있고, 젊은이 취향의 세련된 카페도 있어서 다양한 세대가 교차하는 기치조지에서도 더 한층 성황을 이루는 곳이다.

......
• 1926년에서 1989년까지 사용된 일본의 연호.

심야에 그 뒷골목에서 한 여자가 조용히 죽었다.

피해자는 적어도 한 시간은 거기 있었다는데, 남들 눈에는 취해서 곯아떨어진 것처럼 보였다고 한다. 실제로 이 일대에서는 가끔 볼 수 있는 광경이기도 했다.

사인은 호흡곤란에 의한 질식사.

현장으로 급히 달려간 수사관은 이것이 테트로도톡신을 이용한 일련의 사건과 관련 있다는 사실을, 검시 결과를 기다릴 것도 없이 한눈에 알아보았다.

3/TTX.

립스틱으로 팔에 그렇게 적혀 있었기 때문이다.

"피해자의 이름은 히로카와 마유미, 나이는 33세. 지금까지와 마찬가지로 목에 전기충격기 자국이 있었습니다. 사인도 지금까지와 똑같고요."

"피해자들의 공통점은!"

후쿠카와의 목소리에는 짜증이라기보다 노여움 같은 것이 묻어 있었다.

시민 중에 희생자가 한 명 더 늘어났다.

수사본부의 우두머리로서 얼마나 원통할지는 헤아리기 힘들다. 하지만 그 감정만큼은 수사관 모두가 공유할 수 있었다.

"현재로서는 발견되지 않았습니다. 이번 피해자는 다치카와시 시민입니다. 그리고 재택근무자라 일상적으로 기치조지를 오가지는 않은 것 같습니다."

"대체 언제까지 계속되려는 거야!"

후쿠카와가 책상을 내리쳤다. 앞으로 있을 기자회견에서 질문 공세를 받아야 하기 때문도 조직 내부 평가가 두렵기 때문도 아니다. 더는 희생자를 늘리고 싶지 않다는 심정에서 나온 행동이라는 걸 수사회의에 참석한 모두가 이해했다. 그렇기에 다들 이를 악물고 같은 속상함을 견디고 있는 것이다.

"시라타카 있나?"

지휘관으로서 언성을 높인 걸 후회했는지도 모른다. 그는 냉정한 말투로 돌아왔다.

"네, 여기 있습니다."

"자네 생각은 어때? 억측이라도 상관없어. 무슨 일이 일어나고 있는지 설명할 수 있겠나?"

영문 모를 일이 벌어지는 판국이라 뭐라도 좋으니 지침이 될 만한 이야기가 필요했으리라.

설령 황당무계한 이야기일지라도 부정할 수 있는 재료가

없다면, 그걸 쌓아 올림으로써 진실을 부각할 수 있다.

"지금까지 피해자들의 유일한 공통점은 근무지 또는 자택이 기치조지에 있다는 것뿐이었습니다. 만약 이번 피해자가 기치조지와 관련이 없다면 공통점을 따로 찾아야겠지만, 정말로 기치조지와 관련이 없는지는 좀 더 조사해볼 필요가 있다고 생각합니다."

"네! 하겠습니다!"

아마네 뒤쪽에서 우렁찬 목소리가 울려 퍼졌다. 돌아보지 않아도 누구인지는 명백했다. 우즈카다.

후쿠카와도 말없이 고개를 끄덕였으므로 이야기를 계속했다.

"다만 꼭 기치조지에 집착할 필요는 없을지도 모르겠습니다."

"무슨 뜻이지?"

"범인은 뭔가 의도를 가지고 피해자를 선택하고 있습니다. 지금까지 두 피해자가 우연히 기치조지와 관련이 있었을 뿐인지도 모릅니다. 세 번째 피해자도 앞으로 기치조지와 관련성이 발견될지 모르지만, 그렇더라도 그건 우연일 뿐 범인이 선택한 이유는 따로 있을 것 같습니다. 세 피해자 모두 범인에게만 보이는 뭔가를 가지고 있는⋯⋯."

후쿠카와가 눈을 가늘게 뜨고 날카로운 시선을 던졌다. 아마네의 억측을 만류할 생각은 없는 듯했다.

"왜 위험을 무릅쓰면서까지 피해자가 생존할 가능성을 남겨둔 채 방치했는가. 저는 그게 의문이었습니다."

"이었습니다? 지금은 수수께끼가 풀렸다는 듯한 말투로 군."

회의실은 쥐 죽은 듯 고요했다. 수많은 시선이 아마네를 향한 가운데, 구사노와 눈이 마주쳤다. 그 눈은 "말해"라고 재촉하고 있었다.

"범인의 목적은 사람들 앞에 방치해서 죽이는 것이 아니라, 살리려는 것 아닐까요?"

이미 예상한 바지만 이 한마디에 회의실이 소란스러워졌다.

후쿠카와가 말없이 위압감만으로 소란을 잠재웠다.

"이게 범인이 마련한 게임이라는 건가?"

"글쎄요…… 확실히 게임 비슷한 짓을 하고 있습니다만, 승패가 문제가 아니라 범인에게 이건 복수 같은 것일지도 모르겠습니다."

술렁거림이 한층 더 커졌다.

"복수? 즉, 어떤 조건에 부합하는 사람 중에서 피해자를 선택하는 게 아니라, 범인과 피해자 사이에 개인적인 연결 고리가 있다는 건가? 서로 안면이 있고, 피해자가 범인에게 뭔가 죄를 지었다는 거야?"

"안면이 있었는지는 모르겠습니다. 또한 죄를 지었대도 법적인 문제가 아니라 사소한 일이었을 수도 있고요. 다만 범인에게는 사소한 일이 아니었던 거죠. 테트로도톡신을 사용하는 것도 입수하기 쉬우니까 그러는 게 아니라 그 특유의 증상에 의미를 두고 있다, 그렇게 느껴집니다."

아마네는 막연하게 생각하고 있던 내용을 이야기하는 도중에 정리했다. 하지만 정말로 사건의 핵심을 찌른 것만 같았다.

형사들 중에서도 말도 안 된다고 이의를 제기하는 사람은 없었다.

부정할 수 있는 재료가 없는 것이다. 명확하게 부정되지 않으면, 억측은 한 가지 가능성으로서 남는다.

아마네가 결의를 품고 고개를 끄덕이자, 후쿠카와는 말없이 그 의견을 받아들여주었다.

"시라타카, 자네는 이대로 자네만의 시선으로 수사를 진행해. 결과적으로 틀려도 상관없으니까 무관하다고 생각하고 가슴에 담아두지 마."

"알겠습니다."

후쿠카와가 자리에서 일어나 결연한 표정으로 말했다.

"모두 잘 들어. 힘든 거 다 알아. 각자가 하고 있는 일이 결과로 이어지지 않는 상황이지. 하지만 아무리 작아도 사실을 쌓아 올리는 것만큼 중요한 일은 없어. 불안하게 느껴질지도 모르지만 헛수고라는 건 없다. 그러니 잘 부탁한다."

말을 마친 후쿠카와가 수사관들을 향해 머리를 숙였다. 다들 허둥지둥 일어나서 정중한 경례로 답했다.

"희생자는 여기서 멈춘다. 범인이 더는 설치지 못하게 해."

그런 다음 후쿠카와는 기자회견에 임하기 위해 서장과 함께 회의실을 나섰다.

*

'기치조지 연쇄살인사건!' '세 명이 잇달아 독살?!' '복어 독 살인의 공포!'

다음 날 조간신문에는 그런 헤드라인이 박혀 있었다. 이런 글씨체가 있었나 싶을 만큼 큼지막한 글씨다. 역 매점만 보고 있어도 신문을 사 가는 사람들이 연신 눈에 띄었다.

개중에는 평소 신문을 읽지 않을 듯한 대학생이나 예술가같이 보이는 사람까지 있어서, 대중이 이 사건에 얼마나 주목하는지 실감할 수 있었다.

평일이기는 하지만 이노카시라 공원을 찾는 사람이 확실히 줄었다.

자연문화원에는 가족 단위 손님이 보이지 않는다.

하모니카요코초에 인접한 기치조지에서 제일 큰 상점가에도 생필품을 사려는 듯 오가는 사람들이 있지만, 그들에게서 예전 같은 활기는 느껴지지 않았다.

경찰의 힘이 미치지 못한다. 그 사실을 실감하며 경찰서로 돌아온 아마네는 복도 벽에 붙은 지역 지도를 들여다보고 있는 우즈카와 마주쳤다.

말을 걸려고 했지만 할 수 없었다. 우즈카의 옆얼굴이 웬일로, 어쩌면 처음 보는 것이 아닐까 싶을 만큼 진지했기 때문이다.

그래도 시야 가장자리로 아마네를 보았는지 우즈카는 황급히 인상을 풀고 고개를 돌렸다.

"수, 수고 많으십니다."

"뭐야? 뭔가 마음에 걸리는 점이라도 있어?"

"아니요, 아무것도 아닙니다."

또 피해자가 발생한 것에 책임감을 느끼는가 싶었지만, 아무래도 그런 느낌은 아니었다.

아마네는 우즈카를 노려보았다. 단순한 남자의 거짓말은 대번에 꿰뚫어 볼 수 있다.

"너, 숨기는 거 있구나."

우즈카는 허둥지둥했지만, 초원 한복판에 태평하게 앉아 있는 토끼를 향해 급강하하는 매에게서 달아날 수는 없다.

"어, 그러니까…… 아, 사적인 일이라서요."

우즈카는 안전한 곳으로 잘 숨었다는 듯한 웃음을 지었다.

실제로 그렇게 나오자 억지로 캐물을 수는 없었다.

경찰은 체질상 여전히 군대 같은 조직이지만, 요즘은 시대에 맞추어 변해가고 있었다. 금연도 그렇고, 직장 내 괴롭힘 문제에 대한 대처도 그렇다.

부하의 사적인 일에 함부로 관여하는 것도 직장 내 괴롭힘이고, 억지로 술을 권하는 것도 직장 내 괴롭힘의 일종으로 간주된다.

구시대적인 사고방식을 배제하는 물결은 경찰 조직에도 밀려오고 있다.

"알았어. 뭐, 걱정거리가 있으면 말해."

"물론이죠. 그럼."

우즈카는 대답도 하는 둥 마는 둥 하고는 가버렸다.

역시 이상하다. 평소 같으면 조금만 상냥하게 대해줘도 좋아 죽으려고 할 텐데.

아마네는 방금까지 우즈카가 보고 있던 지도에 시선을 주었다. 뭘 보고 있었을까. 딱히 특별한 건 없다.

그때 한 남자가 지나갔다. 우즈카의 파트너 형사다.

"수고 많으십니다, 우즈카는 잘하고 있나요?"

"아, 댁이 녀석의 사수였지. 미안하지만 늙은이한테는 버거운 녀석이야. 오늘도 냉큼 날 따돌리고 가버렸어."

그는 목덜미를 주무르며 말했다.

아, 좀 전까지는 여기 있었는데, 하며 아마네는 우즈카가 걸어간 쪽을 보았다.

"죄송합니다. 제 지도가 모자란 탓이에요. 저, 그런데 지금은 뭘 조사하고 계세요?"

"세 번째 피해자의 신변을 조사 중이야. 아까 함께 호적을 살펴보러 주민센터에 갔었는데, 어느새 사라지고 없더라고. 평소에도 휴대전화만 만지작거리고 내 이야기는 귓등으로도 안 들어."

이 자식이…….

"그리고 뭐야 그 가방은. 잡동사니를 썩어나게 가지고 다니는 것치고 필요한 물건이 하나도 없어."

죄송합니다, 하고 아마네는 대신 사과했다.

"뭐, 그런 사춘기 청소년 같은 녀석하고는 말이 안 통하니까 나 혼자 다녀도 상관은 없지만. 낡았다고 할 수도 있겠지만 인터넷을 끼고 사는 건 좋지 못해. 인터넷상에 친구가 많을지 모르지만, 현실에서 인간관계를 소홀히 해서야 되겠어? 뭐, 형사의 기본자세를 제대로 가르쳐줘."

아마네는 고개를 숙였다.

어우, 이 자식, 정말.

아마네는 우즈카에게 한마디 하려고 휴대전화를 꺼냈다.

순간 전화를 걸려다 말고 손을 멈췄다.

말이 안 통한다……?

기치조지에서 인기 있는 파티시에와 범인으로 추정되는 초로의 남자. 어떻게 하면 접점이 생기지?

복수를 하고 있다는 가설을 세웠지만, 생판 남이 아니라면 대체 어떻게 연결된 걸까. 사건 이외에, 세대를 초월한 관계는 어떻게 만들어질까?

파티시에가 운영하던 가게의 손님이었나? 어쩌면…….

아마네는 자리로 돌아가서 노트북을 켜고 '파티스리 조

네스'의 홈페이지를 찾았다. 이제 업데이트는 되지 않지만, 들어가서 살펴볼 수는 있었다.

아마네는 일어서서 형사실을 둘러보았다. 니시오 계장이 형사실 밖 복도를 지나가길래 얼른 쫓아갔다.

"계장님, 수고 많으십니다. 저어, 피해자의 SNS에 관해서 조사가 얼마나 진행됐는지 아세요?"

"사건 전후를 중심으로 올린 글의 내용과 '좋아요'를 누른 사람을 조사하고 있어. 반년은 거슬러 올라갔을 거야."

"별다르다 싶은 글은 딱히 없었죠?"

"응, 첫 번째 피해자는 주로 가게 메뉴를 홍보했지. 두 번째 피해자는 퇴근길 술자리와 달리기 관련 글이 많았고."

"지금도 계속 조사 중인가요?"

"담당 팀은 현재 세 번째 피해자의 SNS를 조사하는 중이야. 그건 왜?"

"좀 궁금한 점이 있어서요. 그런데 제가 알아서 조사해볼 게요."

그렇게 말하고 형사실로 돌아가려 했을 때 계장이 말을 던졌다.

"시라타카. 난 네 편이야."

후쿠카와와 충돌이 있었다는 걸 아니까 응원해주는 건가

싶었다.

"네, 감사합니다."

하지만 손을 흔들며 걸어가는 계장의 뒷모습을 보고 있자니 다른 뜻인 것처럼도 느껴졌다.

오다나가의 얼굴이 뇌리를 스쳤다.

혹시 내가 서내에 적을 만든 건 아닐까…….

'파티스리 조네스'의 공식 SNS 계정을 쭉 훑어보았지만 계장 말대로 마음에 걸리는 점은 딱히 없었다.

피해자의 일상생활 속에 범인과의 '접점'에 관한 실마리가 없을까 싶었던 것이다.

다음으로 피해자의 개인 SNS 계정을 찾아서 올린 글을 살펴보았다. 공개 상대를 한정해놓지 않아서 과거에 올린 글도 전부 볼 수 있었다.

마지막 글이 올라온 건 시신으로 발견되기 사흘 전. '맛있는 아이스 브륄레가 완성됐습니다'라고 적혀 있었다.

그 글에는 친구로 추정되는 사람들의 댓글이 수없이 달려 있었다. 애도, 고인과의 추억, 그리고 범인을 체포하지 못하는 경찰에 분노하는 댓글도 있었다.

아마네는 머리카락을 쓰다듬으며 깊은 한숨을 내쉬었다.

그리고 과거의 글로 거슬러 올라갔다.

아마네는 SNS를 하지 않지만, 와카야마는 착실한 성격이었는지 글을 비교적 자주 올린 것처럼 느껴졌다. 사소한 일상사를 사진과 짧은 글로 소개하고 있었다.

와카야마는 당연하다는 듯이 하루하루를 보냈다. 앞으로 비극이 다가온다는 걸 아는 만큼 보고 있기가 괴로웠다.

하지만 아마네는 피해자를 아는 것이 범인에게 다가가는 지름길이라고 믿었다.

올린 글을 시간 가는 줄도 모르고 하나씩 꼼꼼히 살펴보았다. 반년이 지나 거의 1년쯤 거슬러 올라갔다.

여전히 이렇다 하게 이상한 점은 찾지 못했다. 수상한 인물의 댓글도 눈에 띄지 않았다.

아마네는 기지개를 켠 후 시계를 보고 놀랐다. 어느새 깊은 밤이었다.

"뭐 해?"

구사노였다.

"야간 수사회의도 땡땡이치고 말이야."

아차 싶어 얼굴을 찌푸렸다. 수사회의에 참석하는 걸 깜빡했다.

"뭐, 적당히 둘러댔지만."

"미안해."

"별로 진전은 없었어. 그래서 집에 갈 수 있는 사람은 일단 퇴근하라는 지시가 떨어졌지."

"그렇구나. 갈 거야? 여자친구한테 가보는 게 어때?"

구사노는 그 이야기는 이제 그만하라는 듯한 표정을 지었다.

"다음에 확실히 담판을 지을 거야. 지금은 그럴 상황이 아니잖아. 그런데 넌 어떻게 할 거야?"

"우리 집에는 안 재워줄 거야."

"뭔 소리야, 누가 가겠대?"

남자는 항상 '잘만 하면'이라는 속셈을 품고 있다.

"하지만 밥이라면 같이 먹을게. 좀 피곤하네. 전골 같은 거 먹고 싶다."

"좋아. 수사는 체력 승부니까."

아마네가 자리를 정리하고 있자니 구사노가 말했다.

"그러고 보니 너희 서 '토깽이', 그 녀석도 땡땡이쳤어. 교육을 어떻게 하는 거야?"

아마네는 걱정돼서 우즈카에게 전화를 걸었지만 받지 않았다. 녀석의 성격상 거짓말은 못 한다. 해도 금방 들킨다. 혹시 그래서 참석하지 않은 건가?

"어이, 갈 수 있는 거야?"

"아, 미안. 지금 갈게."

아마네는 노트북을 덮은 후 코트를 걸치고 구사노와 나란히 걸었다.

"밤에는 춥네. 자, 어디 갈까?"

"가벼운 걸로 적당히 먹자."

"아까 전골 먹고 싶다고 하지 않았나?"

"응, 그런데 어째 피곤하네. 아아, 나른해. 일단 한잔 쭉 마시고 싶다."

"그럼 이 근처에 로컬 맥줏집이 있었잖아, 거기 어때?"

"아아, '세계 맥주 연구소' 말이지? 안주도 맛있으니까 가자."

둘이서 자주 가던 가게다. 전 세계의 맥주를 갖추어놓아 비교하며 마실 수 있다기에 "세계를 정복하자" 하고 떠들면서 다양한 맛을 즐겼다.

하지만 그것도 지구를 반 바퀴쯤 돈 시점에서 멈췄다.

두 사람은 예전에 자주 앉던 자리에 앉아, 처음 보는 맥주를 적당히 시켜서 맛을 비교했다.

사건 추리로 머리를 혹사했기 때문인지 아마네는 금방 술기운이 돌았다.

그리고 아침에 일어나자 구사노가 옆에서 자고 있었다.

*

"좀 떨어져. 누가 보면 어쩌려고 그래?"

이른 아침, 아마네는 하얀 입김을 내뱉으며 무사시노 거리를 걸었다. 구사노가 바로 뒤를 따라왔다.

"같은 방향이니까 어쩔 수 없잖아."

아마네는 편의점 앞에 멈춰 서 먼저 가라고 손짓했다.

"난 커피 마시고 갈게."

"혹시 화났어?"

"아, 어쩌다 이렇게 된 거람!"

아마네는 자다 눌린 흔적이 남아 있는 머리를 양손으로 벅벅 긁었다.

"나도 잘 몰라. 정신을 차려보니 그렇게 된 걸 어떻게 해? 뭣 하면 그냥 이대로―"

"이 한심아! 같은 결과가 반복될 뿐이야! 그리고 어제도 당신한테 전화 왔잖아. 바로 전원을 껐지만. 그거 누구야? 오다나가? 아니면 다른 여자?"

"아니야. 한창 하는 중에 받고 싶지 않았을 뿐이야."

"그런 표현 쓰지 마!"

얼굴이 새빨개진 아마네는 소리치고 싶은 욕이 산더미처럼 많았지만, 결국 꿀꺽 삼키고 편의점에 들어갔다.

이런 날에 오다나가만큼은 마주치고 싶지 않다.

그런 생각으로 얼른 형사실에 뛰어 들어가 자기혐오를 느끼며 노트북을 펼쳤다. 비밀번호를 입력하자 어젯밤에 퇴근할 때까지 작업했던 내용이 표시됐다.

그때 왜 구사노와 마시러 간 걸까.

아아, 시간을 되돌리고 싶다.

마음은 찜찜했지만, 분하게도 머리는 묘하게 개운했다. 마치 자신이 원했던 것만 같아서 아마네는 몹시 화가 났다.

커피를 마시며 마음을 진정시켰다. 이럴 때는 일에 몰두하는 편이 좋다.

오늘은 어디부터 손을 댈까.

노트북 화면에는 어제 들여다보았던 와카야마의 SNS 계정이 그대로 표시돼 있었다.

1년 치를 확인했지만 아무것도 찾지 못했다는 것이 생각났다.

다른 수를 써볼까 생각하면서 글을 대강 읽어 나가는데,

어떤 단어가 눈에 들어왔다. 아마네는 숨을 삼켰다.

'레이나짱'.

허둥지둥 그 전후의 문장을 신중하게 읽었다.

와카야마 본인이 올린 글이 아니라, 드디어 완성했다는 '기치조지의 언덕 롤' 소개문에 달린 댓글이었다.

'레이나짱도 먹고 싶었을 텐데.'

아마네에게 그 이름은 잊어버릴 수 없는 참회의 상처로 남아 있다.

당시 여섯 살이었던 소녀가 유괴돼 1년 후에 시신으로 발견된 사건.

단순한 우연인가 싶었지만, 댓글이 달린 건 레이나가 차가운 아사카와강에서 시신으로 발견된 직후였다.

바로 그 레이나라고밖에 볼 수 없었다.

가슴이 쿵쿵 뛰어서 아마네는 자리에서 일어나 책상 주변을 바쁘게 돌아다녔다.

한숨을 푹 쉬고 다시 화면을 보다가 아마네는 또 묘한 점을 알아차렸다.

와카야마는 거의 매일 SNS에 무슨 글이든 올렸는데, 이 글을 전후로 약 한 달간 글이 뚝 끊겼다. 마치 쑥 빠져서 사라진 것처럼.

직감이 요동쳤다. 저 높은 하늘에서 지상의 사냥감을 발견한 듯한 이 느낌은 낯설지 않다. 또 하나의 자신이 날개를 접고 급강하하라고 재촉했다.

아마네는 시간을 확인한 후, 서를 뛰쳐나갔다.

기치조지역에서 두 정거장 떨어진 무사시사카이역에서 내렸다.

아마네가 가려는 슈퍼마켓은 역 바로 근처였다. 영업을 시작한 직후라 그런지 손님이 별로 없어서 찾으려던 사람을 금방 발견했다.

"저어, 실례합니다. 오구라 씨 맞으시죠?"

몸을 엉거주춤하게 구부리고 채소가 든 상자를 들려던 여자는 처음에는 잘못 들었나 싶은 표정이었다가, 아마네가 경찰수첩을 제시하자 납득한 듯 고개를 숙여 인사했다.

두 사람은 화물 반입구에 있는 벤치에 앉았다.

'파티스리 조네스'의 아르바이트생이었던 오구라는 불안한지 자꾸 깍지를 꼈다 풀었다 했다.

"경찰한테는 전부 이야기했는데요."

"죄송해요. 하나만 더 부탁드릴게요. 이걸 봐주시겠어요?"

아마네는 스마트폰에 와카야마의 페이스북을 띄워 보여 주었다.

"여기에 '레이나짱'이라고 적혀 있는데, 혹시 이것에 대해 아시는 것 없나요?"

오구라는 눈썹을 모으더니 바로 짐작이 간 듯 숨을 헉 삼켰다. 그 표정을 보고 아마네는 확신했다.

"이건 2년 전에 일어난 소녀 유괴살해사건의 피해자인, 그 레이나짱인가요?"

오구라는 일단 시선을 돌렸다가 한숨을 쉬었다.

"……맞아요."

"하지만 어째서?"

오구라는 말하기 거북한 듯 눈을 좌우로 돌리다 불쑥 중 얼거렸다.

"실은 범인과 레이나짱이 그 가게에 케이크를 사러 자주 왔었어요."

"뭐라고요!"

"물론 사건 후에야 알았어요. 당시엔 그냥 아빠와 딸인 줄 알았는데…… 저기, 점장님 사건과 무슨 관련이 있는 건 가요?"

"그건 아직 모르겠어요. 다만 저도 유괴살해사건을 수사했는지라 마음에 걸렸을 뿐이에요."

"그런데."

"네?"

"지금까지 점장님은 남에게 원한을 살 사람이 아니라고 증언했는데요."

"무슨 일 있었나요?"

아마네는 말을 꺼내기 힘들어하는 오구라를 안심시키듯 미소를 지어 보였다.

"그 사건이 보도됐을 무렵에 점장님이 페이스북에 글을 올렸어요."

"어떤 글을요?"

"어슴푸레 기억하기로는 '텔레비전에서 떠들썩한 여자 애를 보고 어디선가 봤다 싶었는데, 웬걸 우리 가게에서 봤습니다!' '몇 번이나 사러 왔는데 전혀 알아차리지 못하다니 정말 깜놀!' '범인도 같이 와서 보통 아빠와 딸인 줄 알았는데, 두 배로 깜놀!' ……그런 글이었을 거예요."

아마네는 심한 두통이 찾아온 것처럼 손으로 이마를 눌렀다.

"그 후에 점장님 페이스북에 난리가 났죠. 나쁜 뜻은 없었겠지만 좀 가벼웠다고 할까, 이모티콘 같은 것도 사용해서 비난하는 댓글이 우르르 달렸어요."

"그래서 글을 삭제한 거로군요."

그 공백기는 그런 이유였던 건가.

"악질적인 장난 같은 직접적인 피해는요?"

"그런 건 없었어요. 매상에도 영향은 없었을 거예요. 다들 금방 잊어버렸다고 할까요."

아마네는 주먹을 꽉 움켜쥐었다.

그렇다, 관계자에게는 영원해도 대중들은 금방 잊어버린다. 자신과 직접 관계가 없으면 어딘가 먼 세상 이야기라고 느낄지도 모른다.

*

무사시사카이에서 서까지는 택시를 타고 왔다.

늪 속을 걷는 것처럼 몸이 무거웠기 때문이다.

그때의 광경이 머릿속에 되풀이해 떠오른다……

―레이나! 레이나아!

아침 안개가 낀 아사카와강. 야기 게이치로의 비통한 외침 소리가 울려 퍼졌다. 현장을 보존하기 위해 규제선을 치는 경찰관은 야기를 막으면서도 괴로운 표정을 지었다.

그 발치에는 차가운 돌 위에 주저앉은 레이나의 어머니. 아무 말도 없이 그저 멍한 표정이었다.

실낱같은 기대는 무참히 배신당했다.

사진으로밖에 보지 못한 소녀였지만, 유괴사건이 발생했을 때부터 수사에 참여한 아마네는 구하고 싶다는 바람을 되새기는 동안 어느덧 레이나에게 여동생 같은 감정을 품게 되었다.

드디어 만났건만 '여동생'은 차갑고 창백했다. 살짝 뜬 눈으로는 마지막에 뭘 보았을까. 하다못해 아름다운 별하늘이라면 좋을 텐데.

아마네는 시신 옆에 무릎을 꿇고 울었다. 하지만 부모님은 딸을 보지도 못하고 멀리서 이름을 부르는 것이 고작이었다.

그 목소리가 수없이 마음을 후벼 팠다.

어깨에 손이 얹혔다. 구사노였다.

구사노는 감정을 억누른 목소리로 말했다.

"수상한 차량에 대한 정보가 나왔어. 범인을 잡을 수 있을지도 몰라."

아마네는 구사노와 함께 현장을 뒤로했다.

그때 경비를 서는 경찰관에게 제지당하는 레이나의 부모

님 옆을 지나갔다.

아마네는 소녀가 행방불명된 후 수사하면서 야기네를 몇 번 방문했다. 그때마다 레이나의 어머니는 반드시 딸과 함께한 추억을 이야기했다.

대부분 사소한 일상사였지만, 그 이야기를 할 때의 얼굴은 괴로운 상황 속의 조그마한 양달 같았다.

"레이……나."

레이나의 아버지와 눈이 마주쳤다. 하지만 아마네는 아무 말도 해줄 수가 없었다.

구사노가 등을 떠밀 때까지 모든 생각이 정지되고 말았다.

무력함에 짓눌릴 것 같은 기분으로 레이나의 부모님 옆을 지나쳤다. 그 분노가 범인 체포로 이어지길 바랐지만, 그 바람도 이루어지지 않았다.

누구에게나 악몽 같았던 그 사건이 다시 되살아나는 것만 같았다.

서로 돌아온 아마네는 후쿠카와에게 보고했다. 후쿠카와는 미간에 주름을 잡은 채 귀를 기울였다.

"그 사건의 관계자가 연쇄살인을 저지르고 있다는 건가? 더 정확하게 말하자면 부모인 야기 부부가?"

"만약 다른 피해자도 그 사건에 비슷하게 연관돼 있다면, 그럴 가능성도 있지 않을까 싶은데요."

"SNS에 글을 좀 올렸기로서니 복수의 대상으로 삼는다고? 물론 칭찬할 내용은 아니지만."

"그러게요……. 하지만 만약 정신적으로 심각한 상태라면……. 딸을 무참하게 잃고 복수해야 할 범인도 죽고 없는 상황이라, 분노가 일반 시민에게 향했다고 볼 수는 없을까요?"

"그럴지도 모르지. 하지만 여전히 의문이 남아. 복수하고 싶다면 왜 그렇게 성가신 짓을 하는 거야?"

"범인만이 아는 뭔가가 있을지도 모릅니다만, 조사해보겠습니다. 시간을 조금만 더 주세요."

"알았어……."

후쿠카와가 한숨 쉬는 소리를 들은 건 처음인지도 모르겠다.

그는 지휘관으로서 의연한 태도를 유지해왔지만, 자신도 관련된 유괴살해사건이 되살아난 것에 적지 않게 동요하는 듯했다. 의자 등받이에 몸을 기대더니 안경을 벗고 미간을 주물렀다.

그리고 다시 깊고 긴 한숨을 쉬었다.

"그건 나로서도 견디기 힘든 사건이었어."

"네⋯⋯."

"만약 범인이 야기 부부라면, 난⋯⋯."

후쿠카와는 말을 잇지 못했다.

보통 수사회의는 아침과 밤에 하지만 아마네의 보고를 받고 긴급 수사회의가 열렸다.

2년 전의 레이나 유괴살해사건과 관계있을지도 모른다는 가설에 수사본부는 놀라움 그리고 무엇에도 비할 수 없는 절망감과 비슷한 분위기로 가득 찼다.

"아직 진위 여부는 모르지만, 다른 두 피해자도 레이나 유괴살해사건에 어떤 형태로든 연관됐을 가능성이 있어. 그걸 분담해서 조사해봐."

"저기."

손을 든 건 우즈카였다.

"뭐야?"

"세 번째 피해자 말씀인데요. 현재는 다치카와시에 살지만, 유괴사건 당시에는 범인 옆집에 살았던 모양입니다."

"뭐라고!"

후쿠카와가 일어서서 소리쳤다. 아마네도 같은 말을 속

으로 내뱉었다.

"그리고 친구의 말에 따르면 방송국 인터뷰에도 응했답니다. 얼굴은 나오지 않고 변조한 목소리로 '옆집에 살았지만 부자연스러운 느낌은 들지 않았다. 가끔 마주치면 꼭 인사를 했고, 사이좋은 아빠와 딸로 보였다'라고 대답했답니다."

아마네는 비스듬히 뒤쪽에 있는 우즈카를 노려보았다.

그때—. 지도를 보고 있었던 건 그 사실을 이미 알고 있었기 때문이리라.

왜 빨리 말하지 않은 거야.

"……이상입니다."

우즈카는 아마네와 눈을 맞추려 하지 않았다.

"야기 부부의 소재는?"

수사회의에 앞서 지시받았던 미우라가 대답했다.

"아버지 야기 게이치로의 현재 주소는 여전히 기치조지의 공단주택이지만, 공단주택 입주자를 중심으로 탐문한 결과 아무래도 최근에는 집에 들어오지 않는 듯합니다. 전에는 단지 내 공원이나 인접한 슈퍼에서 자주 눈에 띄었지만, 요즘은 안 보인다는군요. 그리고……."

미우라는 말하기 힘든 듯이 머뭇거렸다.

"그리고 어머니 요코는 작년 말에 세상을 떠났습니다. 자살이랍니다."

아마네는 보이지 않는 어둠에 짓뭉개지는 듯했다.

손가락 인형을 받았을 때가 떠올랐다.

—레이나는 인형극을 아주 좋아해요. 자기 전에 이불 속에서 손가락 인형 놀이를 하는 걸 특히 좋아했죠. 그러니 돌아오면 이야기를 많이 들려주려고요.

그렇게 말하고 어머니는 부끄러운 듯 웃었다.

상상도 안 될 만큼 심적으로 힘든 와중에도 딸을 생각하며 미소 지은 것이다.

—레이나는 심술궂은 아이가 벌 받는 이야기를 좋아해요. 여러분같이 '정의의 사도'가 되는 게 꿈이랍니다. 그러니까 형사님께도 이걸.

그러면서 건네준 것이 그 손가락 인형이었다.

희망을 품지 않으면 정신이 망가지는, 아슬아슬한 외줄 위를 그녀는 걷고 있었다.

그러다 딸의 죽음이라는 현실을 목도하고 더는 견딜 수 없어진 것이리라.

아마네의 눈에서 어느덧 눈물이 흘러내렸다.

"속히 야기가 어디 있는지 알아내. 그리고 이 유괴살해사건 수사에 참여했던 사람 있나?"

아마네를 비롯해 무사시노서 수사관 몇 명이 손을 들었다. 이렇게만 봐도 시간이 많이 흘렀음을 실감할 수 있었다. 우즈카와 미우라는 그 시절을 모르고, 그 밖에도 이동해 온 사람의 비율이 증가한 것이리라.

"당시 수사기록을 모아 와. 특히 야기의 정보를."

후쿠카와가 지시를 내리자 수사관들이 흩어졌다.

아마네는 코를 훌쩍이며 눈물을 손바닥으로 닦은 후 우즈카의 팔을 잡아당겼다.

"나 좀 봐, 우즈카! 너, 왜 잠자코 있었던 거야?"

"죄송합니다, 떠올리기 싫은 일일 것 같아서 확실한 증거를 잡을 때까지 기다렸어요. 요전에 1과장님도 그렇게 말씀하셨고 해서요."

"정말이지 시키지도 않은 짓을. 그 밖에 알고 있는 거 있으면 말해."

"아니요, 더는 없습니다."

아마네는 소리 내어 한숨을 쉬었다.

"그런데 시라타카 선배. 만약에 말이에요, 만약에 아버지의 범행이라고 치고 왜 그런 방식으로 살해하는 걸까요?"

"피해자는 모두 방치된 시점에 살아 있었지."

상상하자 끔찍했다. 의식은 있는데 몸이 움직이지 않아 도움을 요청할 수 없다. 그리하여 아무도 알아차리지 못한 채 절망 속에서 숨이 멎는다.

"그게, 레이나짱도 마찬가지였다고 할 수 없을까? 주변에서 알아차리고 신고했다면 살았을지도 몰라. 사건이 벌어진 후 도와주지 못한 걸 후회했다면 모를까, 그들은 사건을 직접 접했다며 들떴지. 그걸 용서할 수 없었던 것 아닐까."

"그렇군요. 피해자는 다들 레이나짱을 봤지만 이상하다고는 생각하지 않았죠. 야기는 거기에 분노를 폭발시킬 수밖에 없었다⋯⋯."

"딸은 살해당했고 범인은 자살했어. 그리고 아내마저 잃었지. 결국 쏟아낼 곳 없었던 분노가 일반 시민을 향한 거야."

침묵의 시간이 흘렀다.

"그럼 지금까지와 비슷한 사람을 또 노린다는 건가요? 시라타카 선배의 예상이 맞는다면 한 명 더 남았잖아요. 다음 목표는 누구일까요?"

"지금까지 발생한 피해자와 마찬가지로 자기 딸의 존재를 알아차리지 못했던 인물. 그리고 딸을 구할 수 있었는데 구하지 못한 인물⋯⋯."

그건 대체 누구일까.

갑자기 한기가 밀려와 아마네는 몸을 보호하듯 두 어깨를 끌어안았다.

"시라타카 선배, 괜찮으세요?"

우즈카가 걱정스레 얼굴을 들여다보았다.

"그때 난 도망쳤어."

"네?"

"야기에게 아무 말도 해주지 못했어."

아무 말도 할 자격이 없었다. 하지만 얻어맞든 납작 엎드려 빌든, 어쨌거나 야기 앞에 서야 하지 않았을까. 만약 야기가 분노를 시민에게 돌린다면, 그건 경찰이 도망쳤기 때문이다. 아마네는 그런 생각이 들었다.

"이제 어떻게 하실래요?"

"야기를 찾을 거야."

야기가 살인귀로 변했더라도 이해할 수 있는 건 나뿐이다.

아마네는 그렇게 자기 자신을 채찍질하며 코트를 걸치고 계단으로 향했다.

"저도 갈게요!"

"아니, 혼자 갈게."

"저는 시라타카 선배를—"

아마네는 계단참에서 발을 멈췄다.

"잔말 말고 돌아가라니까!"

우즈카는 당장이라도 울음을 터뜨릴 것 같은 표정이었다.

"과장님께 전해. 네 번째는 경찰관일지도 모른다고."

제4장
4/TTX

딸을 구하지 못한 장본인은 누구인가. 경찰 아닌가.

그 생각이 머리에서 떠나지 않았다.

야기는 집에 돌아오지 않는다고 한다. 그럼 어디 있을까.

아마네는 기치조지 거리를 정처 없이 돌아다녔다.

피해자 세 명이 방치된 곳은 전부 기치조지역에서 그렇게 멀지 않다. 기치조지에 집착하는 데 뭔가 메시지가 있지 않을까 했는데, 어쩌면 좀 더 단순한 이유가 있을 것도 같았다.

그때 발을 멈췄다.

"피에로……."

첫 번째 피해자는 피에로 분장을 해서 이노카시라 공원

의 벤치에 앉혀놓았다. 이건 목격당하더라도 부자연스럽게 보이지 않기 위해 위장한 것이라고 추측했다.

하지만 한 가지 의문이 있었다.

테트로도톡신으로 범인이 노린 효과를 확실히 내려면 관찰할 시간이 필요하다. 증상 진행 속도는 개인차가 심하기 때문이다.

만약 예상보다 늦게 3단계에 들어서서, 예를 들어 한낮이 됐다면 어떻게 했을까.

이노카시라 공원은 사람이 많이 오가는 곳이라 위장에도 한계가 있다. 그렇다고 그대로 어딘가에 가두어두면 호흡이 멈춰서 사망한다. 이건 범죄의 방침과 합치하지 않는다.

살아 있는 상태로 방치하는 걸 우선한다면 다른 장소를 선택할지도 모르지만, 그렇다면 피에로 분장은 오히려 부자연스럽다.

방치할 장소의 선택지는 몇 개쯤 있었을지 모르지만, 어쨌든 3단계에 들어선 걸 확인한 후 피에로 분장을 하고 데려온 게 아닐까.

─감금 장소는 근처에 있다?

순간 아마네는 깜짝 놀라 돌아보았다. 스쳐 지나간 초로의 남자가 야기로 보인 것이다. 자세히 보자 키와 체격이 달랐다.

고개를 살짝 내젓고 다시 걸음을 옮겼다. 사람들 모두에게 야기의 모습이 드리워져 있는 것처럼 느껴졌다.

손바닥 들여다보듯 훤히 아는 거리가 지금은 다른 풍경으로 보일 지경이었다.

피해자를 불러낸 흔적은 없고 각자 전기충격기를 사용해 납치했다고 추정되지만, 차가 있다고 해도 성인을 끌어안고 집으로 옮기면 역시 눈에 띈다.

그렇다면 CCTV 카메라가 있는 빌딩이나 맨션은 힘들다. 그런 곳은 입주자의 눈이 많을뿐더러 엘리베이터도 이용할 수 없으리라.

그렇다면 독채는 어떨까. 하지만 단독주택이라면 근처이웃과의 관계도 있다. 만약 피해자가 반항이라도 하면 목소리나 다른 소리가 들릴 가능성이 있다.

조건에 맞는 곳은, 옮겨 넣기 편하고 목소리가 밖으로 새지 않는 한편 기치조지역에서 그리 멀지 않고 차를 바짝 댈수 있는 건물이어야 한다.

이 기치조지에 그런 곳이?

그때 우즈카에게 전화가 왔다.

—시라타카 선배, 두 번째 피해자 다나하시 말인데요. 트

위터에다 사건에 관한 글을 올렸다는 게 밝혀졌습니다. 기치조지 주변에서 달리기할 때 레이나짱과 범인이 공원에서 노는 모습을 자주 본 모양이에요. 그걸 두고 '주변의 부모와 자식보다 더, 진짜 부모와 자식 같아 보였다'고 썼다는 게 확인됐습니다.

다나하시는 가벼운 마음으로 글을 올렸으리라. 하지만 딸이 살해되고 그 사건을 계기로 아내까지 잃은 야기는 어떤 심정으로 그 글을 읽었을까.

남들이 보기에는 사소한 말이었을지언정, 범인 검거도 실패한 데다 사건 때문에 홀로 남겨진 야기의 부글부글 끓는 용암 같은 감정을 폭발시킬 계기로 작용했다 해도 이상할 것 없다.

─그리고 네 번째 피해자에 대한 예상, 전달했습니다.

"뭐라서?"

─경찰관이 다음 목표물이라는 데는 동의하셨지만, 권총 소지에는 부정적이셨어요. 범인은 허를 찔러 전기충격기를 사용할 테니, 빼앗기기라도 하면 큰일이라면서요. 대신에 단독 행동을 하지 말라십니다.

"알았어, 고마워."

─지금 갈게요. 어디세요?

"난 괜찮아."

―하지만.

"괜찮대도."

아마네는 대답을 기다리지 않고 전화를 끊은 후 머릿속으로 현장을 하나씩 되짚어 나갔다.

첫 번째 피해자는 이노카시라 공원 벤치에서 피에로 분장을 한 채 발견됐다. 골판지 상자에 담아서 밀차에 싣고 왔다. 통행인은 팬터마임인 줄 알았다.

두 번째 피해자는 계획이 한 번 실패한 상대로, 휠체어에 태워 일부러 유료 시설인 자연문화원에 옮겨놓았다. 테이블에 푹 엎드린 자세였고 옆에는 캔 맥주. 가족을 데리고 놀러 나와서 지친 아버지로 위장했다.

세 번째 피해자는 하모니카요코초에서 발견됐다. 몸을 가누지 못하는 사람을 부축하고 걸어가도 부자연스럽지 않은 곳이기 때문인지, 피해자는 술에 곯아떨어진 사람으로 보였다고 한다.

뭔가 힌트는 없을까.

아마네는 거리를 오가는 사람들을 바라보았다. 매 같은 눈으로.

*

  땅거미가 내릴 무렵, 카페 창가 자리에 앉아 있으니 문득
젊은 남자가 눈에 들어왔다. 어깨에 멘 기타 케이스. 기치조
지에서는 자주 보이는 광경이다. 대학생이 많은 거리라서
인지 아마추어 밴드가 모이는 라이브 하우스가 많다.

  라이브 하우스…….

  아마네는 벌떡 일어섰다.

  예를 들어 라이브 하우스는 어떨까. 차를 대놓아도 부자
연스럽지 않고, 방음이 철저하니까 목소리도 새어 나가지
않는다.

  하지만 영업 중인 건물에서 범죄를 저지르리라고는 보기
힘들다. 그렇다면 폐업한 라이브 하우스.

  그 방향으로 공략해보자 싶어 아마네는 밖으로 나왔다.

  일단 백화점에 입점한 커다란 부동산 회사로 향했다. 주
된 고객이 대학생인지 개방적인 분위기였고, 카운터에 줄
지은 의자 20여 개에 절반쯤 사람이 앉아 있었다. 매물을
검색할 수 있도록 컴퓨터도 여러 대 설치해두었다.

  아마네는 검색 화면에서 카테고리를 선택해 나갔다.

  임대 물건─점포─카페─레스토랑.

"뭐 찾으시는 거 있으세요?"

젊은 여직원이 말을 걸었다.

"죄송합니다, 이런 사람인데요."

최대한 눈에 띄지 않도록 경찰수첩을 제시했다.

"여기서 라이브 하우스도 취급하시나요?"

"어, 잠깐만 기다리세요."

잠시 후 여직원이 숙련돼 보이는 남직원을 데리고 돌아
왔다.

"라이브 하우스를 찾으신다고요?"

"네. 비슷한 건물이라면 라이브 하우스가 아니라도 상관
없습니다만."

남자는 음, 하고 생각하다가 잠깐 실례하겠다며 컴퓨터
를 조작하기 시작했다.

"음, 기치조지 주변에는 없는 것 같네요. 사실 저희는 임
대주택을 중심으로 하고, 사무실은 취급하지만 상업 시설
에는 좀 약해서요."

"그렇군요. 감사합니다. 뭔가 찾게 되면 이쪽으로 연락주
세요."

아마네는 명함을 건넸다.

"오히려 동네 부동산 중개소를 찾아가 보시는 게 나을지

도 모르겠습니다."

과연, 그쪽은 공개되지 않은 매물 정보를 가지고 있을지도 모른다.

아마네는 부동산 중개소를 닥치는 대로 돌아다녔다. 하지만 라이브 하우스 같은 매물을 취급하는 곳은 좀처럼 없었다.

주오선의 가도교 밑에서 쇼와 시대 중엽부터 영업 중이라는 부동산 중개소의 공인중개사가 말했다.

"이 부근은 의외로 안 망해. 고객층이 안정돼 있거든. 유행하는 음악은 시대에 따라 변하지만, 그런 시류에도 잘 적응해서 빈 곳이 생겨도 바로 누군가 들어가지."

확실히 기치조지는 아마추어 밴드의 성지이고 여기에 연고를 둔 프로도 많다. 그 때문에 음악 문화의 뿌리가 탄탄하다.

아마네는 명함을 건네고 밖으로 나와 완전히 컴컴해진 하늘을 올려다보았다.

손가락 인형을 어루만졌다.

나라면 멈출 수 있다. 멈추는 건 나여야 한다.

그런 마음으로 뛰어다녔다.

다음 날 기치조지역 남쪽 출입구, 3층에 자리한 카페. 아마네는 평소처럼 창가에 앉아 비 내리는 거리에 핀 우산 꽃이 오가는 모습을 바라보고 있었다.

아침부터 내린 비는 오후가 되기 전에 그친다는 예보였다.

아마네라고 이름을 지은 건 하치오지의 작은 조산원에서 태어났을 때, 똑똑 떨어지는 빗소리가 들렸기 때문이라고 부모님에게 들었다.

비가 내릴 때는 밤에도 울지 않고 잘 잤다고 한다. 정말인지 거짓말인지는 모르지만, 신기하게도 비 내리는 날에는 마음이 차분해지는 것 같았다.

아마네는 해답을 찾고 있었다. 야기는 어디 있을까. 그 문제를 풀어낼 실마리를 거리에서 얻으려 하는 중이었다.

이 좁은 거리에 야기가 있다. 근거는 없지만 그런 확신이 들었다.

그때 전화가 왔다.

—여보세요. 이노우에 부동산의 이노우에라고 하는데요.

"어, 네?"

—라이브 하우스를 찾는다고 하셨잖아요.

몇 번째로 들른 부동산 중개소였는지는 잊어버렸지만, 아마네가 돌아간 후에도 찾아준 모양이었다.

"네, 맞아요. 뭔가 알아내셨나요?"

—라이브 하우스는 아니지만, 극장이라면 있어서요. 극장이래도 아주 좁은 곳이지만.

그렇구나, 라이브 공연도 성황이지만 연극도 성황이다. 그쪽이 있었구나.

—원래 일인극을 중심으로 상연하던 곳인지 꽤 작아서 찾으시는 곳이 아닐지도 모르겠습니다만.

"그거, 어디인가요?"

아마네는 주소를 메모했다.

기치조지미나미정. 도보권이지만 역에서는 조금 거리가 있다. 굳이 구분하자면 주택가인 것 같았다.

"혹시 보시겠으면 준비하겠습니다."

반신반의했지만 일단 가서 동태를 살펴보기로 했다.

확실히 조건에 맞는 곳이기는 했다.

시대에 뒤떨어진 인상의 작은 술집 몇 집 사이에 끼인 듯이 자리 잡고 있었다.

극장이 있는 지상 2층짜리 콘크리트 건물은 여기저기 금이 갔고, 군데군데 넝쿨이 모세혈관처럼 벽에 붙어서 뻗어 있었다.

지하로 이어지는 옆쪽 계단을 내려가면 극장인 듯했다. 입구에는 포스터를 내붙인 것으로 보이는 코르크보드가 지금도 있지만, 이제는 찢겨 나간 포스터 끄트머리에 박힌 압정만 몇 개 남아 있을 뿐이었다.

연락을 준 공인중개사가 늦을지도 모른다고 했으므로 아마네는 먼저 주변만이라도 살펴보기로 했다.

비는 그쳤지만 구름이 껴서 그런지 계단을 하나씩 내려갈수록 어두워졌다.

계단을 다 내려가서 오른쪽으로 꺾자 문이 나왔다. 어두워서 스마트폰 손전등을 켰다. 외짝 문이었지만, 극장답게 와인색 쿠션이 붙어 있었다.

문에 창이 나 있지 않아서 내부를 들여다볼 수는 없었다.

아마네는 손전등으로 주변을 비추며 사람이 드나들지 않았는지 살펴보았지만, 그럴싸한 흔적은 딱히 없었다.

계단으로 돌아갔을 때였다. 밖에서 빛이 비쳐 들어 계단 표면에 생긴 한 줄기 자국이 보였다.

몸을 구부려 들여다보자 계단 모서리에 생긴 흠집이 눈에 들어왔다. 커다란 물건을 미끄러뜨려서 옮길 때 흔히 생기는 흠집이다.

퇴거할 때 무대 설비를 옮겼는지도 모른다. 하지만 묘하게 생긴 지 얼마 안 된 것처럼 보였다.

아마네는 문에 손을 대고 천천히 당겨보았다.

그러자 묵직하지만 부드럽게 문이 열렸고, 안에서 서늘한 공기가 곰팡내와 함께 흘러나왔다.

혹시 공인중개사가 먼저 온 걸까, 아니면 자물쇠만 풀어놓은 걸까.

"이노우에 씨, 계세요?"

전등 스위치가 어디 있는지 몰라 스마트폰 손전등으로 주위를 비추어보았다.

꽤 좁다. 100제곱미터 정도이리라. 접힌 접의자가 구석에 아무렇게나 놓여 있는 것이 보였다.

제일 안쪽의 한 단 높은 부분이 무대였을 것으로 짐작됐다. 그 무대 앞에 의자 하나가 오도카니 놓여 있었다.

마치 단 한 명의 관객을 위한 공연이 펼쳐진 것처럼 보였다.

무대 옆쪽을 보자 골판지 상자와 의상 등이 수북하게 쌓여 있었다.

벽 가까이에 좁고 긴 테이블이 있었다. 여기서 음향과 조명을 조작한 걸까. 지금은 서류와 광고지 등이 어지러이 흩어져 있을 뿐이다.

스마트폰 손전등 불빛이 좁은 범위를 비추며 책상 위를 가로질렀을 때, 문득 뭔가가 눈에 띄었다.

살펴보자 무대 대본 같은 것에 어린아이 솜씨인 듯한 그림이 그려져 있었다.

모자를 눌러쓴 인물이 들고 있는 레이저총에서 광선이 크게 뻗어 나와서, 역시 총을 든 검은색 일색의 괴도 같은 인물을 마비시킨다. 괴도의 눈은 ×로 표현했고 '항복'이라는 말풍선을 곁들였다. 옛날 개그 만화 같은 그림체였다.

집어서 확인하니 문집의 삽화였다.

제목은 장래의 꿈.

갱지에 적혀 있는 것은 '경찰관'이 되어 악당을 퇴치한다는 미래 이야기였다.

아마네도 같은 마음이었다.

정의의 사도는 약자를 구하고 악당을 쓰러뜨린다.

그렇게 생각하고 경찰관이 되었다. 하지만 현실은 어떤가.

악당을 체포해도 이미 슬픈 사건이 일어난 후다. 악당을 아무리 붙잡은들, 그것과 같거나 그 이상의 슬픔을 낳는다.

이것이 정의의 사도의 모습인가…….

아마네는 길게 내쉬던 한숨을 도중에 멈췄다. 심장박동조차 멈춘 듯했다. 이 꿈을 적은 아이의 이름을 보았기 때문이다.

'야기 레이나'.

여기가 아지트인가?!

아마네는 다시 구석구석 빛을 비추었다.

맙소사⋯⋯.

오도카니 놓인 의자 밑에 불빛을 가까이 대고 자세히 보자 케이블 타이가 떨어져 있었다. 그것이 짐을 꾸릴 때 사용한 물건이 아니라는 것은 이제 쉽게 상상이 갔다.

의자에 앉아 있었던 것은 마지막 관객이 아니다. 피해자를 여기에 묶어놓고 독을 먹인 것 아닐까.

그런 관점에서 다시 관찰하자 바닥의 얼룩이 토한 흔적으로 보였다. 골판지 상자는 피해자를 옮길 때 사용했고, 방치된 의상 더미에는 피에로 복장도 있지 않았을까⋯⋯.

호흡이 빨라졌다.

아마네는 스마트폰 통화 기록에서 아까 통화한 공인중개사를 찾아 전화를 걸었다. 임차인이 있는지, 언제부터 비어 있었는지, 드나드는 사람은 없었는지.

묻고 싶은 것이 많았다.

뿌뿌뿌, 하는 전자음에 이어 발신음이 울렸다.

하지만 그 소리가 들린 건 스마트폰이 아니라 등 뒤였다.

뒤돌아본 순간, 목으로 흘러든 전기가 몸속에서 흉포하게 날뛰어 아마네는 그 자리에 쓰러졌다.

의식은 있지만 근육이 수축돼 몸이 말을 듣지 않았다.

어둠 속에서 나타난 실루엣이 다리를 벌리고 아마네 위에 서서 전기충격기를 천천히 내렸다. 전극이 다시 목을 깊이 파고들었다.

이번 충격은 길고 집요했다. 아마네는 끽소리도 내지 못하고 꼼짝없이 흉포한 전기를 받아들이는 수밖에 없었다.

찌지지직, 하고 몹시 귀에 거슬리는 전기충격기 소리가 서서히 의식 저편으로 멀어지다 마침내 사라졌다.

*

정신이 몽롱하다는 걸 자각했을 때, 대체 얼마나 오랜 시간 이러고 있었느냐는 생각이 제일 먼저 들었다.

아마네는 기억을 더듬어보았지만, 몇 초로도 몇 시간으로도 느껴졌다.

아까와 달리 희미한 불빛이 비치고 있었다. 캠핑용 랜턴처럼 연한 오렌지색이었다. 그림자의 모양과 방향으로 보건대, 자신의 뒤쪽 바닥에 랜턴 같은 것을 놓아둔 듯했다.

보이는 것은 의자에 앉은 자신의 하반신뿐. 등 뒤로 돌아가 있는 두 손은 움직이지 않는다. 분명 두 발처럼 케이블 타이로 묶어놓은 것이리라.

하지만 묶어놓지 않았어도 마음대로 움직일 수 없었을 것이다.

실제로 고개조차 들 수 없었다.

의식은 또렷해졌는데도 오랫동안 꿇어앉아 있었을 때처럼 온몸이 저릿저릿하고 감각도 둔하다. 호흡은 리듬이 불규칙하다. 어느새 질질 흘러내린 침이 목 아래쪽을 불쾌하게 적시고 있었다.

시야 가장자리로 신발코가 보였다.

이를 악물고 중력을 거슬러 고개를 들려고 했지만 머리가 납덩이처럼 무거웠다. 몸 자체가 앞으로 기울어져 있어서 더 그랬다.

그러자 신발코만 보이던 사람이 아마네의 머리를 잡고 뒤로 젖혔다. 목을 가눌 수 없는 터라 머리를 오른쪽 어깨에 올려서 지탱하는 꼴이 됐다.

불빛에 비친 남자의 가면같이 무표정한 얼굴이 희미하게 보였다.

"야기…… 씨."

자기 목소리가 아닌 것 같았다. 의식해서 입을 제대로 움직이지 않으면 말이 나오지 않는다.

아마네는 퍼뜩 감이 왔다. 자신에게 이미 테트로도톡신 중독 증상이 나타나고 있는 것 아닐까.

"어째……서."

"어째서냐고요?"

홀쭉한 야기의 몸에서 나왔다고는 믿기지 않을 만큼 나지막한 목소리였다.

"그건 잘 아실 텐데요."

"레이나쨩?"

침을 한번 삼킨 후 목소리를 쥐어짰다.

"하지만, 그 사람들은, 아무 잘못도, 없었는데……."

"레이나도 마찬가지입니다."

"그렇지만."

"다들 알고 있었어. 레이나와 범인이 같이 있는 걸 봤다고! 조금이라도 이상함을 느꼈다면 레이나는 살 수 있었는데!"

야기는 콘크리트 바닥을 신경질적으로 쿵쿵 내디디며 좌우로 왔다 갔다 했다.

"두 번째도, 세 번째도 그래. 모두 레이나를 알고 있었어.

그런데…… 재미있는 일화처럼 지껄여댔지. 마치 평범한 일상에 활력을 준 정도로밖에 생각하지 않았어. '좋아요'를 받고 싶었을 뿐이라고. 아무도 자기가 알아차렸다면 구할 수 있었을 거라고 반성하지 않았어. 그래서 똑같은 꼴로 만들어주기로 한 겁니다. 그들도 주변 사람들이 이상하다는 걸 알아차렸으면 살 수 있었을 텐데, 알아차리지 못해서 죽었죠. 사회가 죽인 겁니다."

"하지만 레이나짱 사건은, 우리 경찰에도 책임이 있고…… 그들에게는."

"그래서예요."

아마네는 그 싸늘한 눈 속에서 푸르스름한 빛을 본 것 같았다.

"그래서 당신이 여기 있는 겁니다."

"저를 미행한 거로군요. 언제부터였나요?"

"한 일주일쯤 됐을까요. 상황을 살펴보니 당신이 제일 먼저 진상을 알아차린 것 같아서 눈여겨보고 있었습니다. 그러다 부동산 중개소에서 라이브 하우스를 찾는다는 이야기를 엿들었죠. 그래서 공인중개사를 사칭해 당신을 여기로 불러낸 겁니다. 아, 당신 전화번호는 알아요. 레이나의 사건을 수사할 때 명함을 받았으니까요."

뒤를 밟히고 있는 줄은 전혀 몰랐다.

"레이나짱을 구하지 못한, 네 번째 이빨은, 역시 경찰이었군요."

아마네는 저릿저릿한 몸을 비틀어 기울어진 자세를 겨우 바로잡았다.

"저는…… 어디 놔두실 건가요?"

조금 놀란 듯한 야기의 얼굴에 바로 희미한 웃음이 맺혔다.

"이곳저곳 생각해봤는데, 여기로 하려고요."

"여기?"

"네, 레이나는 아무도 모르게 죽었습니다. 누구의 눈에도 띄지 않고 강가에서 추운 밤을 보냈죠. 그 기분을 느껴보세요."

어느 틈엔가 아마네의 눈에서 눈물이 떨어지고 있었다. 앞으로 다가올 죽음이 두려워서는 아니었다.

원통하기는 했지만, 자신이 곧 죽어서 그렇다기보다는 레이나를 구하지 못했다는 회한 때문이었다.

지금도 차가운 돌로 가득한 하천부지에 누워 있는 새하얀 소녀의 모습이 머릿속에 선명하게 새겨져 있다.

레이나는 마지막에 기분이 어땠을까. 살짝 뜬 눈으로는

뭘 봤을까.

그런 생각을 할 때마다 눈물이 났다.

범인은 부모를 잃은 레이나를 유일한 친척인 자기가 거두었다고 했다.

레이나 본인도 그렇게 믿었으리라.

영문도 모르는 채 자신을 지켜주는 유일한 친척이라고 믿고서 잘 따랐는데, 그 남자에게 목이 졸려 죽었다.

"아내는 레이나가 유괴되고 나서 발견될 때까지 손가락 인형을 만들었습니다. 레이나가 좋아했거든요. 그래서 언제 돌아와도 실컷 가지고 놀 수 있게 해야 한다면서 때로는 병적으로 느껴질 만큼 계속 만들었어요. 얼마 안 가서 방에 손가락 인형이 넘쳐났죠."

그건 아마네도 알고 있었다.

"하지만 레이나가 발견된 후로는 그만뒀습니다. 하루하루 마음의 병이 심해지던 어느 겨울날, 제가 점심으로 먹을 도시락을 사러 간 사이에 목을 맸죠. 중화요리가 먹고 싶다길래 자전거를 타고 좀 멀리 떨어진 도시락집에 갔었어요. 가다 보니 공원에 매화꽃이 피어 있더군요. 하얀색 꽃이요. 아내는 꽃을 좋아하니까 집에 가면 보여줘야겠다 싶어서 사진을 찍었죠. 그런데 도시락을 사서 집에 왔더니……. 더 가까운 가게에 갈걸. 좀 더 빨리 다녀올걸. 매화꽃 같은 건 보지 말걸……."

야기는 양손으로 머리를 쥐어뜯었다.

죽은 아내의 얼굴이라도 떠올리는지 한동안 멍하니 어둠 속을 바라보다가, 갑자기 정신을 차린 것처럼 말을 이었다.

"아내의 관에 손가락 인형을 전부 넣어주었습니다. 천국에서 레이나가 질리지 않도록, 아내가 이야기를 많이 해줄 수 있도록."

아마네는 추억에 잠긴 야기에게 방해되지 않도록 부드러운 투로 말했다.

"야기 씨. 그게 전부가 아니에요. 제 안주머니에 경찰수첩이 있는데, 꺼내주시겠어요?"

야기는 미심쩍은 표정으로 재킷을 젖히고 경찰수첩을 꺼냈다.

"공무원증 뒤쪽에 있는 명함꽂이를 보세요."

야기는 손가락을 넣더니 놀란 표정으로 손가락 인형을 꺼냈다.

"부인께 받았어요."

수사할 때 몇 번이나 찾아갔다. 정보 수집과 전달이 주된 임무였지만, 몇 주일 사이에 수집할 정보도 전달할 정보도 없어지고 나서는 피해자의 마음을 다독이는 것에 중점을 두었다.

"제게도 잊을 수 없는 사건이에요. 그 후로, 제 무력함을 깨닫고 몇 번이고 경찰을 그만두려고 했죠. 하지만, 그 손가락 인형을 볼 때마다 늘 같은 결론에 다다라서 버텼어요. 그런 사건이 다시는 일어나지 않게 하겠다는 결론이요. 그 결심이 현재 저를 지탱하는 버팀목이에요."

손가락 인형을 바라보던 야기는 표정이 흐트러지기 전에 등을 돌렸다. 어깨를 떠는 것처럼 보이기도 했다.

아내를 생각하는 걸까. 하지만 숨을 후우 내쉬고 다시 몸을 돌렸을 때는 어느새 가면같이 무표정한 얼굴로 돌아와 있었다.

야기가 내던진 경찰수첩이 아마네의 어깨에 맞고 바닥으로 떨어졌다.

"경찰은 우리 부부도 의심했지."

아마네는 눈을 꼭 감고 고개를 떨구었다.

"딸이 사라졌다고 신고한 지 얼마 지나지 않아 주변에 소문이 돌았어. 경찰이 우리가 딸을 죽이고 어딘가에 숨긴 것 아닌지 의심한다고."

그 이야기도 들었다. 유괴와 관련해 아무 정보도 얻지 못했고 몸값 요구도 없었다. 덧붙여 유사한 전례도 보고된 터라 수사 방침의 하나로서 팀 하나가 따로 움직였다.

"그건…… 야기 씨, 확실한 사실을 차근차근 쌓아 나가는 게 경찰 수사예요. 그래서 절대로 아닌 줄 알더라도 만약을 위해 확인이 필요하죠……."

이런 변명은 당시부터 질리도록 들었을지 모른다. 야기는 아무 감정도 드러내지 않고, 마치 아무 말도 듣지 않은 것처럼 말을 이었다.

"그런 노력을 레이나를 찾는 데 쏟았다면 상황이 달라졌을지도 모르는데……. 딸과 아내를 잃었지, 증오해야 마땅할 범인도 없지. 나는 이 울분을 어디에 풀어야 할까. 하다 못해 사건에 대해서라도 알고 싶었어. 범인의 사정을 이해하고 싶은 마음은 없었지만, 그것도 포함해 딸이 왜 죽어야 했는지를—"

야기는 천장을 올려다보았다. 약한 불빛이 천장까지는 닿지 않아 겨울 하늘처럼 캄캄했다.

고목처럼 우두커니 서 있던 야기는 감정을 극도로 억누른 목소리로 말을 이었다.

"그래서 인터넷으로 정보를 찾다가 그들이 올린 글을 발견한 겁니다. 레이나를 봤는데도 손을 뻗어주지 않은 인간들이에요."

"하지만, 야기 씨……. 당신이 선택한 방법은 틀렸어요."

"압니다. 용서는 바라지 않아요. 다만 행동에 나서지 않도록 나 자신을 설득할 답을 찾을 수가 없었습니다."

판결문을 낭독하는 판사처럼 높낮이가 없는 목소리였다.

"방송에서 레이나에 대해 보도한 건 기껏해야 일주일. 바로 사람들의 기억에서 지워졌죠. 원래부터 이 세상에 존재하지 않았던 것처럼. 그러고도 세상은 아무 거리낌 없이 잘 돌아가. 레이나는…… 이 세상에 아무 필요도 없었던 겁니까. 태어난 것에 아무 의미도 없었던 거냐고요."

아마네는 뻣뻣한 고개를 좌우로 크게 흔들었다.

"그래서 고심했죠. 어떻게 하면 레이나가 살아 있었다는 증거를 남길 수 있을지. 어떻게 하면 사람들의 의식을 바꿀 수 있을지."

"다른 사람의 목숨을 빼앗기까지 하면서요? 그것 말고도 방법이—"

"제 목적은 사람들을 계도하는 게 아니라, 복수입니다."

어둠 속에서 빛나는 그 눈은 무엇도 침범할 수 없을 것 같은 강한 의지로 가득했다.

"제가 마지막인가요?"

"그럴 생각입니다."

아마네는 그 말을 듣자 왠지 안심이 되었다.

"그 후에는요?"

"글쎄요. 딸의 꿈을 이루어주고 싶네요."

레이나의 꿈은 경찰관이었다. 어쩌면 자신처럼 형사가

됐을지도 모른다.

"죄송합니다."

레이나에 대한 마음이 아마네의 입에서 튀어나왔다.

넘쳐흐르는 눈물을 닦지도 못하고 아마네는 잠시 울었다.

"괴롭나요?"

아마네가 묻자 야기는 질문의 의도를 되묻듯 미간에 주

름을 잡았다.

"제가…… 죽을 때요."

질문을 이해한 야기는 입술을 내밀고 눈을 치뜨며 음, 하

고 생각했다.

"글쎄요. 마지막에는 다들 조용했습니다. 물론 의사 표시

를 할 수 없으니 실제로 그들이 괴로웠는지 편했는지는 모

르겠지만요."

신기하게도 죽음에 대한 공포는 느껴지지 않았다.

오히려 방 청소를 하지 않은 것이나 택배 재배송을 신청하지 않은 것 등 일상의 사소한 일들이 떠올랐다. 지금은 그러한 일상이 소중하게 느껴진다.

부모님은 어떤 심정으로 유품을 정리할까. 마지막으로 이야기를 나눈 게 언제였더라. 가려고만 하면 바로 갈 수 있는 곳이건만, 언제든지 갈 수 있다는 점 때문에 오히려 발길이 뜸해졌다.

늘 곁에 있을 것이라고 믿는 일상과 가족. 얄궂게도 그 존재가 위태로워지지 않는 한, 일상과 가족의 소중함은 의식할 수 없다.

야기는 그 소중한 것들을 불행하게도 빼앗기고 말았다.

그때 통통, 하는 소리가 났다. 누군가 문을 두드렸다.

야기는 한쪽 구석에 놓아둔 가방에 손을 넣어 검은 광택이 도는 물건을 꺼냈다.

권총?!

야기는 발소리가 나지 않게 조심조심 문으로 다가갔다.

다시 한번 문을 두드리는 소리. 이번에는 목소리도 들렸다.

"경시청에서 나온 고토라고 합니다. 야기 씨 계시죠? 이야기 좀 나눌 수 있을까요?"

어떻게 여기를?

"이제 교섭반의 와키시타가 시라타카 형사의 스마트폰에 전화를 걸 테니, 받아주시겠습니까? 부탁드립니다."

발소리가 멀어지는 걸 확인하고 야기가 돌아왔다.

"어디에 있는지 연락한 겁니까?"

아마네는 고개를 저었다.

교섭반? 그렇다면 SIT가 출동한 건가?

SIT는 수사1과 아래에 있는 특수범수사계로, 인질 사건 등을 전문적으로 다루는 팀이다. 교섭이 결렬될 것에 대비해 돌입에 특화된 총기류로 무장한다.

하지만 이 단계에서 SIT가 출동하다니 아주 빠르다. 언제부터 여기를 파악하고 있었을까. 어쩌면 생각했던 것보다 시간이 더 많이 흐른 걸까.

"정말이라면 경찰의 수사력은 참 대단하군요. 레이나를 찾을 때도 이 수사력을 활용했으면 얼마나 좋았을까."

테이블 위에 놓인 아마네의 스마트폰이 진동했다.

야기는 한참 여유를 부리다가 통화 버튼을 눌렀다. 전화기를 들고 한동안 가만히 듣고만 있던 야기가 말했다.

"네, 여기 있습니다. 네, 아직 살아 있어요. 뭐라고요, 요구 사항?"

얼굴에 희미한 웃음이 맺힌 것처럼도 보였다.

"좋습니다. 그럼 딸과 아내를 돌려주시겠어요?"

그다음, 야기의 표정이 순식간에 험악해졌다. 교섭 담당이 입발림으로 비위를 맞추려 했는지도 모른다.

당신의 심정을 이해한다느니 하는 말은 지금의 야기에게는 완전히 역효과만 낼 뿐이다.

"네가 나에 대해 뭘 안다는 거야!"

아무래도 꺼내서는 안 될 말을 꺼낸 모양이다.

야기는 전화를 끊고 발치의 골판지 상자를 걷어차더니, 좁은 극장 안을 정신없이 돌아다녔다.

찰칵, 찰칵, 하는 건조한 금속음이 연이어 들렸다. 야기가 리볼버 권총의 공이치기를 당겼다가 제자리로 돌려놓는 소리임을 알고 아마네는 가슴이 조마조마했다.

야기는 여차하면 망설임 없이 방아쇠를 당기리라. 그 대상이 경찰관이든 자신이든 상관없이.

다시 전화벨 소리.

"네, 네. 포위?"

야기가 웃었다.

"포위는 범인을 놓치지 않기 위해서 하는 거잖습니까. 저는 도망칠 생각이 없습니다."

말을 끝맺을 때의 목소리가 무서우리만큼 차가웠다.

"응? 누구라고요?"

갑자기 야기의 표정이 진지해졌다는 걸 알 수 있었다.

"수사1과장? 네, 네, 알겠습니다."

야기는 스마트폰의 스피커폰 기능을 켠 뒤 아마네에게 가까이 댔다.

"말하세요."

—시라타카, 괜찮나?

후쿠카와였다. 야기를 화나게 한 교섭 담당과 교대한 모양이다. 아마네는 아주 반갑게 느껴졌다.

"네, 괜찮, 습니다."

—단계는?

테트로도톡신 중독이 얼마나 진행됐는지 묻는 것이다. 그에 따라 교섭에 남은 시간을 가늠하려는 의도다.

온몸이 잘 움직여지지 않고 말하는 데도 지장이 있지만 이것이 전기충격기의 영향인지 독의 효과인지, 그리고 어느 정도 심한 건지는 알 수 없었다. 다만 아직 구역질은 나지 않는다.

"1이나 2. 아마 1일 거예요. 그리고 로터스요."

야기가 거기서 스피커폰 기능을 껐다.

로터스란 연꽃을 뜻한다. 즉 연근 모양에 빗대어 리볼버 권총을 의미한다.

아마네는 범인이 총을 가지고 있다는 뜻을 전하고 싶었다.

지금 성급하게 돌입하면 유혈 사태가 벌어진다. 그러니 시간을 들여 차분히 진행하길 바랐다. 설령 자신에게는 그럴 시간이 남아 있지 않더라도.

야기는 바닥에 스마트폰을 내려놓고 접의자로 여러 번 내리쳤다.

그런 뒤에야 직성이 풀렸는지 접의자를 아마네 맞은편에 내려놓았다.

"자, 이제 방해꾼은 없어졌습니다. 궁금한 게 있으면 뭐든지 물어보세요. 당신한테는 다 말해줄게요."

야기는 스스로 퇴로를 끊었다. 아무래도 그가 바라는 건 바깥세상에 없으리라.

*

얼마나 지났을까.

바깥에서 빛이라도 비쳐 들면 그나마 짐작이 가겠지만, 여기는 외부의 빛도 소리도 차단된 곳이다. 하지만 기척은 느낄 수 있었다.

무사시노서 수사관을 비롯한 수사1과 동료들. 그리고 SIT.

자신에게 남은 시간을 고려해 작전을 짜겠지만, 야기가 설득에 응하지 않으면 결국은 돌입할 것이다.

야기가 총을 소지한 이상, 경찰도 나름대로 대처한다. 그러면 양쪽에 아무 피해도 없이 일이 수습될 리 없다.

야기는 의사소통 창구였던 스마트폰을 부쉈다. 교섭의 여지를 남기지 않겠다는 뜻이겠지만, 아직 할 수 있는 일이 있을지도 모른다.

일단은 야기와 대화를 나누자.

아마네는 대화를 최대한 오래 끌기 위해 노력했다.

"야기 씨, 독에 대한 지식이 있으셨나요?"

"지금은 인터넷에서 찾아보면 원하는 정보가 얼마든지 나옵니다. 그리고 저는 과학 교사예요. 잊어버렸습니까?"

그랬다. 기본적인 지식은 지니고 있었던 건가.

"하지만 야기 씨의 목적은 단순히 독을 먹여서 목숨을 빼앗는 게 아니죠."

"네. 그렇지만 처음에는 실패했습니다. 양이 너무 적었던 거겠죠."

두 번째 피해자인 다나하시 이야기다.

"그래서 방침을 바꿨어요. 여기서 진행 상황을 관찰하다 확실히 3단계까지 진행되면 밖으로 데리고 나갔죠."

야기는 뒷짐을 진 채 아마네 주위를 천천히 돌기 시작했다.

"첫 번째 때는 꼼꼼하게 사전 준비를 했습니다. CCTV 카메라 위치와 차를 댈 장소, 어떻게 하면 수상하게 보이지 않을까 등등을요. 그래서 계획을 세우고 실행하기까지 시간과 노력이 무척 많이 들었습니다. 뭐, 그렇게까지 하지 않아도 된다는 걸 나중에 알아차렸지만요."

"하지만 움직이지 못하는 사람을 데리고 다니면 의심받을 텐데요."

"하하. 무관심 사회가 도움이 된 것 아닐까요? 점점 효율이 높아졌답니다."

야기는 사람의 마음을 얼려버릴 듯 차갑게 웃었다.

"처음에는 골판지 상자에 넣었지만, 계단을 오르기가 힘들어서요. 두 번째 사람부터는 제 발로 걷게 했습니다."

"제 발로……?"

"2단계까지 진행되면 몸이 점점 말을 듣지 않는데요, 비틀비틀하면서도 걸을 수 있을 때 계단을 올라가게 합니다. 물론 부축해주지요. 그러고 이 뒤편에 있는 주차장까지 갑니다. 뛰어서 도망치지는 못해요. 도망치기는커녕 걷는 방향조차 자기 뜻대로 정할 수 없습니다."

"남에게 들키지는 않았나요?"

"예를 들어 두 번째 때는 계단을 올라가자마자 휠체어에 태웠죠. 몸을 제대로 가누지 못하고 무슨 말인지 모를 소리를 내는 성인 남자를 보자, 다들 눈을 돌리더군요. 무관심으로 일관한 거죠."

아마네는 아무 말도 할 수 없었다.

"세 번째는 주차장까지 갈지자걸음으로 걸어가게 했습니다. 근처에는 술집이 있죠. 사람들이 본다면 어떻게 생각할까요?"

"술에 취했다고요?"

"네. 무관심과 선입견. 관여하기 싫다는 심리에서 비롯된 거겠죠. 그래놓고 자기가 사건을 목격했다는 걸 알면 재미있는 일이라는 듯이 지껄입니다."

또다시 문을 두드리는 소리가 났다.

야기는 긴장한 표정으로 문에 다가갔다.

"저는 경시청 수사1과의 후쿠카와라고 합니다. 잠깐 이야기 좀 나눌 수 있을까요? 마이크도, 무기도 없습니다."

"거절합니다."

"거기 틀어박혀 있다고 뾰족한 수가 생기는 것도 아니

잖습니까."

"이 형사가 죽는 건 볼 수 있죠."

그렇구나. 이제 야기에게 도망친다는 선택지는 없다. 복수를 완수한다. 남은 선택지는 그것 하나뿐이다.

이런 범인에게 교섭은 무의미하다.

"야기 씨. 잘 들으세요."

후쿠카와의 목소리에 고통과 애원이 섞였다.

"……따님을 죽인 건 접니다."

그 한마디에 극장 안의 공기가 얼어붙었다.

"뭐라고?"

"부탁입니다. 이야기를 들어주십시오."

야기는 그 말에 대답하지 않았지만, 무시하는 눈치는 아닌 듯했다.

이 상황에서 제삼자를 들여놓아봤자 위험할 따름이다. 하지만 딸의 사건 수사 현장에서 무슨 일이 있었는지 알고 싶다는 욕망은 거스르기 힘들다. 야기는 이성과 욕망 사이에서 갈등하는 것이리라.

"거, 거기서 말해!"

"야기 씨 눈을 보면서 전부 말씀드리고 싶습니다."

야기의 목적은 '네 번째 이빨'을 확실하게 살해하는 것이다. 그것도 아무렇게나 죽이는 게 아니라, 자신의 딸과 똑같은 상황에서. 야기는 아마네가 혼자 속수무책으로 아무도 모르게 죽기를 바라는 동시에, 그렇게 될 때까지 지켜보고 싶다는 모순된 심리에 빠져 있는 것처럼 보였다.

아마네가 인질로 잡혀 있는 상황이기는 하지만, 어떤 의미에서는 반대이기도 한 것이다.

"알았어. 잠깐만 기다려."

야기는 그렇게 말하고 아마네 곁으로 돌아왔다.

"성격이 별로인 녀석이로군."

"네."

아마네가 주저 없이 대답하자, 야기는 살짝 웃었다.

"그럼 실례하겠습니다."

야기는 접착테이프를 아마네의 입에 붙이고 위에서 꾹 눌렀다. 그리고 경찰수첩을 주워서 아마네의 재킷 안주머니에 넣었다.

"미안하지만 이건 돌려주세요."

야기는 손가락 인형을 끼운 왼손 검지를 구부렸다가 폈다.

"당신이 마음에 담아둘 건 없어요. 자, 들어오라고 할까요."

야기는 문으로 향했다.

"아직이야."

자물쇠를 푼 야기는 그렇게 외치고 무대로 돌아와서 아마네의 정면에 섰다. 총구를 출입구로 향한 채 다시 소리쳤다.

"좋아, 들어와!"

　그 목소리에 호응하듯 한 줄기 빛이 비쳐 들었지만, 금방 어둠이 되돌아왔다.

"문 잠가."

　수평으로 움직인 총구가 아마네의 뒤쪽을 향한 채 정지했다.

"거기서 움직이지 마. 한 발짝이라도 움직이면 이 형사는 죽는다."

　야기와 후쿠카와는 아마네를 사이에 둔 형태로 대치했다.

"시라타카, 괜찮나?"

　후쿠카와의 목소리가 등을 살짝 쓰다듬은 것 같은 안도감을 불러일으켰다. 대답하고 싶었지만 접착테이프로 입을 막아놓아서 말이 나오지 않는다. 또한 몸이 자유롭지 못해서 돌아볼 수도 없었다.

"그럼 들려주실까. 내 딸을 죽였다니, 그게 무슨 소리야?"

"당시 수사를 지휘했던 건 접니다. 모든 책임은―"

"그런 허울뿐인 소리를 듣고 싶은 게 아니야!"

소리를 지를 때만큼은 총구가 후쿠카와를 향했지만, 곧바로 아마네의 가슴 쪽으로 되돌아왔다.

"그렇죠, 죄송합니다. 단적으로 말씀드리겠습니다. 당시 제일 먼저 공개수사를 하자고 제안한 사람이 거기 있는 시라타카입니다. 시라타카의 프로파일링은 적확했습니다. 몸값이 목적인 유괴가 아니라 돌발적이고 무계획적인 범행이라고 했죠. 하지만 저는 그 의견을 묵살했습니다. 경찰이 수사 중이라는 사실이 알려지면 범인을 궁지에 몰지도 모른다는 생각에 너무 신중해져서, 가장 중요한 초동수사가 늦어졌습니다."

아니다. 나중에 알았는데, 상층부가 후쿠카와에게 그렇게 하도록 압력을 가했다.

"정보는 날것입니다. 목격자가 있어도 시간이 흐르면 거기서 떠날지 모르죠. 기억은 희미해질 수도 있고요. 어쨌거나 유용한 단서로 이어지지 않게 됩니다. 그 결과 저희는 눈 뻔히 뜨고서 범인의 행적을 놓치고 말았습니다. 원망할 사람은 거기 있는 시라타카가 아니라 접니다. 그러니 부디 인질을 교환해주십시오."

야기는 감정을 읽을 수 없는 눈으로 아마네를 보다가 후쿠카와에게 고개를 돌렸다.

"글쎄요. 당신에게 죄의식이 있다면, 앞날이 창창한 형사까지 죽게 했다는 자책감에 사로잡혀 평생을 보내는 게 좋을지도 모르겠군요."

역시 야기에게 교섭할 의사는 보이지 않는다.

"야기 씨, 여기서 함께 나가시죠."

"나가면 어떻게 되는데요? 무죄 방면이라도 해주겠다는 겁니까?"

"아니요, 그건 아닙니다. 어떤 사정이 있든 사망자가 세 명이나 나온 이상, 극형을 받을 수도 있겠죠."

후쿠카와는 딱 잘라 말했다.

"하지만 거기에 이르기까지는 긴 재판을 거쳐야 합니다. 즉, 야기 씨 본인의 의견을 공적인 자리에서 주장할 기회를 얻을 수 있죠. 거기서 저희 경찰에 대한 의견도 말씀해주십시오. 다른 사건을 허술하게 수사한 결과 새로운 희생자가 나왔다고 모두에게 말씀하십시오. 야기 씨가 그랬듯이 이번 사건의 피해자 유족도 알고 싶을 겁니다. 왜 죽어야 했는지를요. 이렇게 아무도 보지 않는 곳에서 끝내면 안 됩니다."

야기는 무대 위를 천천히 좌우로 걸었다. 그러다 걸음을 멈추고 숨을 내뱉더니 총을 아마네에게 겨누었다.

"시간 다 됐네요. 이야기 잘 들었습니다."

야기의 눈이 슥 가늘어졌다.

"제가 하고 싶은 말은 이분에게 다 했거든요. 자."

그렇게 말하고 턱으로 문을 가리켰다.

"시라타카, 미안하다. 조금만 더 기다려. 얼마간만 참으면 될 거야."

아마네는 위화감을 느꼈다. 후쿠카와는 모호한 말을 싫어한다. 만약 아마네가 '조금만 더'나 '얼마간만' 같은 표현을 쓴다면 당장 불호령이 떨어지리라.

그 모호한 표현을 두 번이나 사용했다는 것에서 직감했다.

―돌입이다.

교섭의 여지가 없고, 외부에서 저격도 불가능하다면 돌입하는 수밖에 없다.

범인과 인질의 위치 관계, 입구에서의 거리, 천장 높이, 범인의 정신상태. 후쿠카와는 내부 상황을 자세하게 기억해서 전달할 것이다.

끈질기게 교섭을 거듭해 범인의 체력을 갉아먹거나 범인의 마음을 돌리고 싶어도, 이번에는 아마네라는 시간 제한이 있다.

후쿠카와는 아마네의 뒷모습밖에 보지 못했다. 어두운 상황에서 입에 붙인 접착테이프를 보지 못했으니, 테트로도톡신 중독 증상이 진행된 탓에 말을 못하는 것이라고 추정했을지도 모른다.

그리고 야기의 결의에 찬 태도도 돌입해야 한다는 판단을 부추겼을 것이다.

그렇다면 저울질할 수밖에 없다.

인질로 잡힌 경찰관보다 여러 사람을 죽인 범인의 목숨을 우선하는 일은 없다. 돌입 부대의 최우선 목표는 인질, 범인은 산 채로 체포하면 금상첨화라는 마음가짐으로 돌입할 것이다.

출입구는 하나. 그 문을 잠그면 돌입에 애를 먹는다. 그렇다면 후쿠카와가 나가는 타이밍에 돌입인가…….

신기하게도 아마네는 마음이 차분했다.

몇 시간 더 빨리 죽느냐 늦게 죽느냐의 차이로밖에 느껴지지 않았기 때문이다. 나머지는 동료를 믿고 맡기자.

움직이는 총구를 보고 후쿠카와가 천천히 문으로 향한다는 것을 알 수 있었다. 얼마 안 남았다. 몰래 심호흡을 했다.

경찰관이 됐을 때, 이런 상황은 상상해보지 않았다.

아마네는 입속으로 각오의 한숨을 쉬었다. 이제부터는 자신의 힘이 미치지 않는 상황이다. 안달해도 소용없다.

그때 문득 어떤 생각이 떠올랐다.

야기가 사건의 내용을 상세하게 들려준 건, 죽어가는 사람에게 주는 선물이었을까? 오히려 전언이었던 건 아닐까.

왜 이런 사건을 일으켰는지, 야기는 공감을 얻으려는 마음이 없다. 그저 전하고 싶었던 것 아닐까. 이런 식으로 경종을 울릴 수밖에 없는 살인귀가 태어난 배경이 무엇이었는지를.

그리고 그 한마디.

'딸의 꿈을 이루어주고 싶네요.'

그 말과 함께 레이나가 쓴 작문이 떠올랐다.

……아니다. '네 번째 이빨'은 내가 아니야!

후쿠카와가 문을 열자 들어올 때와는 달리 빛이 비쳐 들지 않았다. 즉, 해는 이미 졌다.

야기가 문을 잠그기 위해 입구 쪽으로 천천히 다가가기 시작했을 때였다. 야기가 흠칫하며 발을 멈췄다. 이어서 딱딱하고 무거운 금속이 바닥을 구르는 듯한 소리…….

특수섬광탄!

아마네는 반사적으로 눈을 꼭 감았다.

그래도 눈꺼풀을 비집고 들어온 섬광이 시야를 새하얗게 바꾸었다. 동시에 요란한 폭발음이 귀울림을 일으켰다. 예상했던 아마네조차 혼란에 빠질 만한 위력이었다.

그다음부터는 기억이 모호했다.

살짝 눈을 떴다.

문을 등지고 있던 아마네와 달리 섬광에 직격당한 야기는 고통스러운 표정이었다. 그는 균형을 크게 잃었음에도 버티고 서서 초점이 맞지 않는 눈으로 아마네를 찾고 있었다.

여러 사람이 "총 버려!" 하고 외치는 목소리가 귀울림 사이로 겹쳐서 들렸다.

눈부신 투광등 불빛이 야기와 아마네를 선명한 그림자로 무대에 그려냈다.

그때 야기가 아마네에게만 보이도록 작게 미소 지은 것 같았다. 그리고 들고 있던 총을 아마네의 머리로 향했다.

아마네는 뒤쪽의 경찰관들에게 전하고 싶었다.

아니야! 그런 게 아니야!

섬광이 두세 번 스트로브처럼 지하를 밝혔다.

하지만 그것은 카메라에서 뿜어져 나온 것이 아니다. 야기가 뒤로 쓰러지는 모습을 아마네는 마치 타인의 악몽을 감상하는 듯한 기분으로 어딘가 다른 세상의 영상처럼 바라보았다.

색채가 빈약한 공간에서, 쓰러진 야기의 가슴을 물들인 피와 손가락에 낀 작은 손가락 인형만이 몹시 붉어 보였다.

그 후로는 잘 기억나지 않는다.

의자와 함께 난폭하게 밀려 쓰러지고 케이블 타이가 끊긴 후 그대로 몇 사람에게 둘러싸여 밖으로 나온 것 같다.

조금 싸늘한 기치조지의 공기가 가슴을 채우자 아마네는 '현실 세계'로 돌아왔음을 실감할 수 있었다.

하지만 의식은 현실에서 멀어지고 희미해졌다.

그래도 마음속에 꼭 담아두려고 다짐한 생각이 있었다.

―아직 끝나지 않았어.

에필로그

아마네는 기치조지역의 백화점 옥상에서 거리를 오가는 사람들을 바라보고 있었다.

야기 사건은 크게 다루어져 연일 뉴스에서 떠들썩하게 보도했다.

하지만 일주일쯤 지나자 뉴스에서 언급되는 횟수가 확 줄어들었다.

아마네는 구출되자마자 병원으로 옮겨졌지만, 체내에서 테트로도톡신은 검출되지 않았다.

야기는 돌입한 SIT가 발사한 총에 가슴을 세 발 맞아 그 자리에서 심폐 정지 상태에 빠졌고, 이송된 병원에서 사망이 확인됐다.

동시에 야기의 체내에서 테트로도톡신이 검출됐다. 잘못해서 먹은 게 아니라는 사실은 금방 밝혀졌다.

왼쪽 소맷자락을 걷자 팔에 적혀 있었던 것이다. '4/TTX'라고.

야기는 총에 맞든 맞지 않든 죽을 작정이었으리라. 실제로 야기가 가지고 있던 총은 모델건이었다.

그 때문에 경찰의 대응이 적절했는지를 두고 논쟁이 벌어지기도 했지만, 범인이 이미 세 명을 살해한 데다 인질인 경찰관도 살해하겠다는 뜻을 암시했으므로 논쟁은 오래가지 않았다.

"자."

구사노가 뜨거운 커피를 내밀었다. 아마네는 양손 손끝까지 내린 스웨터 소맷자락으로 커피를 감싸 쥐고 벤치에 앉았다.

아마네는 한동안 쉬도록 지시받았지만, 바깥바람이라도 쐬려고 구사노에게 연락했다.

"마음은 좀 추슬렀어?"

"글쎄, 일하는 게 정신없어서 좋을 것 같기도 한데. 이것저것 정리는 했어."

계절에 맞게 싸늘해진 바람이 어우러진 거리의 정취에서

겨울이 찾아왔다는 게 느껴졌다.

"수사본부 쪽은?"

"몇 가지 더 조사할 일이 있지만, 대부분은 해산했어. 몇 명이 최종 보고서를 작성하느라 남아 있는 정도야."

"뭔가 진전은 있고?"

"음, 소지하고 있던 모델건은 우에노에서, 개조된 전기충격기는 나카노에서 구입한 모양이야. 야기는 처음부터 죽을 작정이었겠지."

아마네는 차가운 바람에서 몸을 지키듯 두 어깨를 모았다.

"응. 야기가 그랬어. 딸의 꿈을 이루어주고 싶다고."

"문집에 있던 그거?"

"응. 악당을 해치우는 장면이 그려져 있었지. 레이나짱이 꿈꾸었던 모습이야."

구사노가 옆에 앉았다. 그리고 사랑스럽다는 듯이 아마네의 머리카락을 쓰다듬었다. 그런 뒤 커피를 쥐고 있어서 따뜻해진 손을 아마네의 뺨에 가져다 댔다.

추운 날에 이렇게 뺨과 귀를 덥혀주었지……. 하지만 아마네는 그 손을 뿌리치듯이 일어서서 철망에 몸을 기댔다.

"야기는 자신을 그 악당에 투영함으로써 책임을 지려고 한 건가."

구사노가 말했다.

"그렇겠지. 지금 생각해보면 야기는 경찰의 총에 맞기 위해 그렇게 행동한 게 아닌가 싶기도 해. 그리고…… 레이나 짱을 구하지 못한 네 개의 이빨. 그중 하나가 자신이었다고 생각했는지도 모르지."

"잔뜩 뒤틀렸군."

구사노는 툭 내뱉듯이 말했지만, 안타까워하는 표정이었다. 아마네도 그 마음은 이해가 갔다.

만약 자신들이 레이나를 구했다면 적어도 이번 사건은 일어나지 않았을 테니까.

"또 잊힐까?"

"이번 사건? 뭐, 그렇겠지. 사람은 결국 잊어버려."

아마네가 내쉰 한숨이 겨울바람에 되밀려왔다.

"기억나? 여기 자주 왔었잖아."

구사노는 평소처럼 왼쪽 입꼬리를 올리며 고개를 끄덕였다.

"아아, 옛날 생각난다."

"왜 여자친구랑 헤어진 거야?"

"어, 뭐야 갑자기."

"뭔가 켕기는 일이라도 있었어?"

구사노는 대답하지 않고 하늘을 올려다보았다. 그리고 주위를 둘러보더니 말했다.

"그것보다, 저거 어떻게 좀 안 될까?"

구사노가 엄지를 세워 뒤쪽을 가리켰다. 화단의 나무 뒤편에서 한 쌍의 눈이 이쪽을 엿보고 있었다.

우즈카였다. 본인은 숨는다고 숨었겠지만, 잎이 떨어져가지만 앙상한 나무는 거의 도움이 되지 않았다.

"쟤는 스토커한테 누나를 잃었는데, 어째선지 내게 자기누나를 투영하는 것 같아. 그래서 내가 단독 행동에 나서자걱정돼서 계속 뒤를 밟았던 모양이야. 본인은 나를 지키고싶었을 뿐인 듯하지만."

"이제는 저 녀석이 스토커 같군. 한마디 해줄까?"

"됐어. 쟤가 뒤를 밟은 덕분에 내가 어디 감금됐는지 알아냈으니까."

사건 후에 들은 바로는 아마네가 폐업한 극장에서 나오지 않는다고 보고한 게 우즈카였다. 그리고 내부를 파이버스코프로 확인해 야기가 있다는 걸 알아차렸고, 그 결과 SIT가 출동했다.

"보통, 파이버스코프 같은 걸 가지고 다니나?"

우즈카는 다양한 물건으로 가득한 가방을 늘 메고 다니

는데, 그게 이번에 도움이 된 셈이다.

"처음에는 단순한 오타쿠인 줄 알았는데, 수사 능력을 보완하기 위해 나름대로 고민이 많았나 봐. 요령이라고는 없는 방법이지만."

"기분 나쁜 녀석이로군."

구사노는 쓴웃음을 지으며 머리를 긁적였다.

"그래도 우즈카는 당신과 달리 거짓말은 안 해."

"응?"

아마네는 그제야 캔 커피를 땄다. 커피 향기가 콧속으로 스며들었다.

"만약 우즈카가 나를 미행하지 않았다면 어떻게 됐을지 생각해봤어. 거기로 경찰들이 몰려오지는 않았겠지. 그럴 경우, 야기는 나를 테트로도톡신으로 죽였을까? 분명 아닐 거야. 그럴 작정이었다면 처음부터 먹였겠지."

"무슨 이야기야?"

구사노는 곤혹스러운 기색이었다.

"그럼 자살함으로써 자신을 네 번째 이빨로 만들었을까. 분명 그것도 아니야. 그럴 거면 혼자 몰래 죽으면 돼. 나를 감금할 필요는 없어."

"뭐, 그렇겠지. 하지만 야기의 체내에서 테트로도톡신이 검출됐잖아?"

"그건 경찰이 돌입했는데도 진짜 목적을 이루지 못했을 상황에 대비한 걸 거야. 야기와 이야기를 나누다가 어쩐지 감이 왔지. 야기가 원하는 건 어디까지나 경찰의 총에 맞아 죽는 거라고. 그러니까."

"그러니까?"

"실은 우즈카가 나를 미행하지 않았어도 경찰이 거기 올 예정이었던 거야."

구사노는 눈부신 무언가를 보는 것처럼 눈을 가늘게 뜨고 아마네를 바라보았다. 더는 말하지 말라는 것 같았지만 아마네는 말을 이었다.

"당신이 데리고."

"너, 무슨 말을……."

"작은 위화감이 계기였어. 당신답지 않은 행동이 몇 가지 겹쳤지. 여자친구와 헤어지질 않나 나와 자질 않나. 거짓말은 꿰뚫어 보지 못했지만, 한때는 진심으로 사귀었던 사이였으니 내내 마음에 걸렸어."

아마네는 다시 구사노 옆에 앉았다. 정면에서 얼굴을 보지 않아도 되는 만큼 마음이 조금 편해졌다.

"당신 통화 기록을 조사했어."

"뭐?"

아마네는 고개를 숙이고 숨을 내쉬었다.

"그중에 나도 아는 번호가 있더라. 야기가 내게 전화를 걸었을 때 사용한 번호야."

구사노는 커피를 단숨에 마셨다. 그러고 고개를 두어 번 천천히 끄덕였다.

"그래. 내가 수사관들을 이끌고 거기 갈 예정이었지만, 그 전에 우즈카가 먼저 알아내서 지원을 요청했지. 깜짝 놀랐어."

"……어째서."

"작년, 레이나짱의 기일에 아사카와강에 갔었어. 꽃을 바친 후 근처 모구사엔역에서 전철을 기다렸지. 그런데 플랫폼의 벤치에 야기가 앉아 있더군. 말을 걸까 말까 망설였는데, 어쩐지 낌새가 이상했어. 전철이 왔는데도 타지 않고 두 대를 보내더니, 비틀비틀 플랫폼 가장자리로 걸어가길래 걱정돼서 쫓아갔지. 아니나 다를까 다음으로 통과하는 급행 전철에 뛰어들려고 했어."

"그런 일이."

"응. 그래서 근처 꼬치구이집에 가서 한잔하면서 이야기를 나눴지. 그때 부인이 세상을 떠났다는 걸 알았고. 정신적으로 상당히 위태로워 보이더라."

구사노는 캔 커피를 입에 댔지만 입술을 적실 정도밖에 남지 않았는지 캔을 발치에 내려놓았다.

"야기가 인터넷에 올라온 어떤 글을 보여줬어. 레이나의 생전 모습을 목격한 사람이, 사건이 종료된 후에 쓴 글이야. '주변의 부모와 자식보다 더, 진짜 부모와 자식 같아 보였다' '그렇게 귀여운 아이에게서 눈을 떼면 데려갈 만도 해'라는 내용이었지."

"그거⋯⋯."

"다나하시가 트위터에 올린 글이야. 물론 익명이니까 그때는 이름을 몰랐지. 다만 야기는 그 사람을 찾아내서 고소하려고 했어."

아마네는 눈썹을 모았다.

"그래. 그것만으로는 무리야. 상담을 한 변호사도 코웃음 쳤대. 내가 야기를 만난 건 그런 무렵이었어. 야기는⋯⋯."

구사노는 몸을 조금 앞으로 구부려 양 무릎에 팔꿈치를 대고, 깍지 낀 손에 한숨 섞인 숨결을 내뱉었다.

"야기가 어떻게 하면 그 사람의 신원을 확인할 수 있는지 묻더군. 난 본인을 찾아내더라도 명예훼손에 해당할지 의문이라고 했지만, 야기는 레이나짱의 존재가 풍화되지 않도록 무슨 행동을 취하지 않으면 미쳐버릴 것 같다고 했어. 무관심한 사회가 레이나짱을 죽였다고 한탄했지. 그때의 얼굴을 잊을 수 없어. 온 세상의 절망을 모조리 모아놓은 것 같았어……."

대학생 커플이 앉을 곳을 찾아 다가왔다가 사람이 있는 걸 보고 슬렁슬렁 돌아갔다.

아마네는 목소리가 들리지 않을 거리까지 그들이 멀어지기를 기다렸다가 이야기를 재촉했다.

"그래서, 어떻게 했어?"

"함께 트위터를 뒤졌지. 친구와의 대화나 올린 사진 등을 잘 살펴보면 의외로 신원을 알아낼 수 있다고 말해줬어. 친구들이 '다낫시'라고 부른다는 걸 알았고, 사진으로 건축 사무소를 운영한다는 것도 알아냈어. 마라톤 대회에 출전했을 때 찍은 사진이 결정적이었지."

"다나하시의 취미는 달리기였지."

"응. 사진에는 번호표가 찍혀 있었어."

아마네는 손으로 이마를 짚었다.

"그렇구나, 대회 홈페이지에 번호표를 입력하면 기록과 함께 이름이 나오지……. 왜 그렇게 열심히 도와준 거야?"

"그때만큼은 야기의 눈에 생기가 돌아온 것처럼 보였거

든. 몰두할 수 있는 일이 생기면 자살하지 않을 것 같았어. 물론 재판에 도움이 된다면 좋겠다는 생각도 들었고. 그런데 그 후에 설마 그런 일이 벌어질 줄이야……."

아마네는 묵묵히 구사노의 다음 말을 기다렸다.

"그 후로는 만난 적 없고, 연락도 안 했어. 야기 일도 점점 생각나지 않게 됐고. 하지만 두 번째 피해자의 이름은 들어본 기억이 났어. 그때 트위터로 찾아냈던 사람의 이름이 다나하시였다는 게 떠올랐지. 그리고 네가 예전에 구급 이송된 사람들을 조사해서 다나하시 살해 계획이 한 번 실패했다는 사실을 알아냈을 때, 더럭 겁이 나더군. 야기가 그 후로 개인의 신원을 파악해 살해를 꾀했구나 싶어서. 그 계기를 만든 사람이 나였다는 것도."

딩동댕동, 하고 시보 음악이 울려 퍼지며 오후 5시가 되었음을 무사시노의 하늘에 전했다.

"그래서 어떻게든 말려야겠다는 생각에 뛰어다녔지. 하지만 연락해도 전원은 꺼져 있고, 아무 실마리도 잡지 못한 채 세 번째 피해자가 나오고 말았어."

"내가 습격당한 것도 계획대로였어?"

"설마! 그럴 리가 있겠어?"

구사노는 믿기지 않는다는 듯한 얼굴이었지만, 그런 말

을 할 입장이 아니라는 걸 잘 아는지 음울한 표정으로 고개를 떨구었다.

"느닷없이 야기에게 연락이 왔어. 숨어든 여자 형사를 붙잡았다고 하더군. 장소도 알려주길래 즉시 출동하려고 했는데, 도중에 긴급 연락이 들어왔어. 네가 감금된 곳을 우즈카가 알아낸 거야."

아마네가 슬쩍 돌아보자 우즈카는 얼른 머리를 감추었다.

"야기는 딸의 존재가 풍화되지 않도록 과거의 모습을 쫓다가 인터넷의 무정한 글에 분노가 치밀었어. 무관심 사회에 경종을 울리려던 당초의 목적은 흐려지고 어느새 그들에 대한 복수심이 불타올랐지. 나는 야기가 살인귀로 변모할 계기를 주고 만 거야. 그때 내가 역에 조금만 더 일찍 가거나 늦게 갔다면, 야기는 자살했을 테고 피해자 세 명은 지금도 살아 있을지 모른다, 그런 생각에 괴로웠어."

아마네는 그 괴로움에 대한 답을 가지고 있지 않았다.

"야기라는 정보를 가지고 있었으면서 왜 감춘 거야? 빨리 말했으면 세 번째 범행은 막을 수 있었을지도 모르는데."

"나 스스로 막아야 한다고 생각했거든. 너처럼 혼자 해낼 작정이었지. 하지만 난 매가 아니었어."

아마네는 뺨에서 이물감이 느껴질 때까지 자신이 눈물을 흘리고 있다는 걸 몰랐다.

"당신이 수염을 며칠 안 깎은 줄은 알면서, 그런 일이 있었던 줄은 전혀 몰랐네."

구사노는 눈을 감고 소리 없이 웃었다. 그리고 아마네를 보았다.

"이제 후쿠카와 1과장님께 가서 전부 말할 거야. 처분이 나오면 따를 거고."

아마네가 고개를 끄덕이자 구사노는 손을 가볍게 흔들고 몸을 돌렸다.

"잠깐만."

아마네의 목소리에 구사노는 발을 멈췄지만 돌아보지는 않았다.

"……왜 나랑 잔 거야?"

구사노는 뭔가 말을 꺼내려다 말고 고개를 살짝 끄덕이더니, 훌훌 털어버리듯이 말했다.

"그냥 기분 전환 삼아. 깊은 의미는 없어."

결국 얼굴은 보여주지 않고 다시 걸음을 옮겼다.

분명 자신이 마음에 담아두고 지내지 않아도 되도록, 그 나름대로 배려한 것이라고 아마네는 받아들였다.

구사노는 도중에 방향을 바꿔 우즈카에게 다가가 말을 걸었다. 무슨 말을 하는지는 들리지 않았지만, 우즈카가 여기 있는 건 우연이라고 열심히 발뺌하고 있다는 건 알 수 있었다.

구사노의 모습이 사라지자 우즈카가 겸연쩍은 웃음을 지으며 다가왔다.

"아, 수고 많으십니다. 이런 우연도 다 있네요……."

"한마디만 더 하면, 스토커로 고소할 거야."

우즈카는 누가 봐도 알 수 있을 만큼 허둥댔다.

"아까 구사노와 무슨 이야기했어?"

"어, 별 이야기는……."

"말해."

"그게, 사나이끼리의 이야기라서요."

아마네는 더 매섭게 노려보았다.

"그…… 시라타카 선배의 커피 취향을 가르쳐줬습니다. 이제부터는 제가 사주라고 하던데, 무슨 의미일까요?"

그 말을 듣자 구사노가 정말로 멀리 가버리는구나 싶은 실감이 솟아올랐다.

아마네는 대답 없이 아래를 오가는 인파를 바라보았다.

다른 곳으로 마음을 돌리기 위해서였지만, 눈에 들어오

는 게 있었다.

"우즈카. 저기, 캐치 세일즈*를 하는 녀석이 있어. 가봐."

"어, 시라타카 선배는요?"

"난 휴가 중이라서."

"혼자서는 무리입니다."

"……너, 용케 형사가 됐구나."

"네. 저는 시라타카 선배를 돕기 위해 여기 있습니다."

"그렇게 느끼한 말을…… 할 틈이 있거든 뛰어! 이 토끼
야!"

토끼는 허겁지겁 뛰어서 엘리베이터 홀로 사라졌다. 그
뒷모습에 대고 중얼거렸다.

─고마워.

아마네는 무사시노를 건너가는 바람이 차가워 옷깃을 모
으고, 완전히 식어버린 커피를 마셨다.

그리고 하늘을 올려다보았다.

파란색에서 오렌지색으로 점차 변해가는 하늘에, 자신이
둥실둥실 떠 있는 모습을 상상했다.

커피는 생각보다 썼다.

......
• 설문 조사, 사은품 제공 따위를 빙자해 강제 판매 행위를 하는 악덕 상술.

히가시노 게이고의 『신참자』 같은
미스터리를 쓰고 싶었던 작가

IT 기업의 직원이었던 가지나가 마사시는 39세 때부터 본격적으로 글을 쓰기 시작한다. 그리고 처음으로 쓴 장편소설을 〈이 미스터리가 대단해! 대상〉에 투고했지만 제1차 심사에도 통과하지 못하는 고배를 맛본다.

그 후 그는 미스터리 소설을 연구하기 위해 각종 미스터리 소설을 섭렵하다 히가시노 게이고의 작품에 푹 빠진다. 그러다 『신참자』를 읽었을 때 '이런 미스터리를 쓰고 싶다!'는 기분이 들었다고 한다. 『신참자』에서 가독성 높고 영상적인 문장을 쓰는 방법, 힌트를 내놓는 방법 등을 배운 가지나가 마사시는 네 번 도전한 끝에 『경시청 수사2과 고마 아야카 특명 지휘관』으로 제12회 〈이 미스터리가 대단해! 대상〉을 수상하며 데뷔한다. 『신참자』로 공부한 효과가 있었는지 데뷔작은 "당장이라도 영상화할 수 있을 것 같다", "쭉쭉 잘 읽힌다"는 평을 받았고, 2016년에 드라마화되기도 했다. 그리고 이 공부의 효과는 『조직범죄 대책과 시라타카 아마네』에도 남아 있다.

독자가 페이지를 넘기는 손을 못 멈추기를 바랄 만큼 가독성을 중시한다는 가지나가 마사시는 『조직범죄 대책과 시라타카 아마네』에서도 직설적인 문장으로 영상을 보여주듯 독자에게 시라타카 아마네의 활약을 선사한다. 매력적인 캐릭터와 연쇄적으로 벌어지는 사건 등 여러 요소를 다루면서도 이야기가 늘어지지 않고 타이트하게 전개되는 건 군더더기 없이 간결하고 독자를 배려하는 문장 덕분일 것이다.

그렇다고 작품의 '내용'과 작품에 담긴 '메시지'까지 간결하지는 않다. 현대사회를 살아가는 우리는 무관심과 선입견에 치우치는 경향이 있다. 남의 일에 관여하기 싫다는 심리에서 비롯된 사고방식이다. 그런 한편으로 쓸데없이 관심을 끌기 위해 배려 없는 말과 행동을 하기도 한다. 그러한 말과 행동이 남에게 어떤 상처를 주고, 우리 사회를 얼마나 삭막하게 만드는지도 모르고서.

반면 이러한 사람들의 대척점에 서 있는 사람이 바로 이 작품의 주인공 시라타카 아마네다. '정의의 사도는 약자를 구하고 악당을 쓰러뜨린다'는 생각으로 경찰관이 된 아마네는 현실에 좌절하면서도 극한까지 능력을 키워 '매의 눈'이라는 별명으로 불리게 된다. 이렇듯 날카로운 관찰력과 수사에 임할 때는 타협하지 않는 신념, 그리고 피해자에게 공감하는 마음을 바탕으로 아마네는 사건을 해결로 이끈다.

과학수사가 중시되는 요즘은 날카로운 감으로 '억측'을 쏟아내는 시라타카 아마네 같은 경찰이 비현실적으로 느껴질지도 모른다. 하지만 아마네처럼 강단 있고 사명감이 투철한 경찰이 많으면 사회가 더 살기 좋아질 것 같기도 하다. 결국 범죄를 저지르는 것도, 해결하는 것도 사람이니까.

언젠가 가지나가 마사시가 『신참자』 못지않은 작품을 썼을 때, 『조직범죄 대책과 시라타카 아마네』도 회자되기를 바라는 마음으로 글을 마친다.

2023년 3월
김은모

조직범죄 대책과 시라타카 아마네

초판 1쇄 인쇄 2023년 3월 10일
초판 1쇄 발행 2023년 3월 20일

지은이 가지나가 마사시
옮긴이 김은모
펴낸이 이수철
주 간 하지순
교 정 구경미
디자인 권석중
마케팅 안치환
관 리 전수연

펴낸곳 나무옆의자
출판등록 제396-2013-000037호
주소 (10449) 경기도 고양시 일산동구 호수로 358-39 동문타워1차 202호
전화 02) 790-6630 팩스 02) 718-5752
전자우편 namubench9@naver.com
페이스북 www.facebook.com/namubench9

ISBN 979-11-6157-146-1 03830